매일, 새로운 날들이 시작됩니다

매일, 새로운 날들이 시작됩니다

꿈을 위해 감사로 일어선 어느 교사의 이야기

초 판 1쇄 2025년 03월 13일

지은이 고나원
펴낸이 류종렬

펴낸곳 미다스북스
본부장 임종익
편집장 이다경, 김가영
디자인 임인영, 윤가희
책임진행 안채원, 이예나, 김요섭, 김은진, 장민주

등록 2001년 3월 21일 제2001-000040호
주소 서울시 마포구 양화로 133 서교타워 711호
전화 02) 322-7802~3
팩스 02) 6007-1845
블로그 http://blog.naver.com/midasbooks
전자주소 midasbooks@hanmail.net
페이스북 https://www.facebook.com/midasbooks425
인스타그램 https://www.instagram.com/midasbooks

ISBN 979-11-7355-120-8 03810

값 19,500원

미다스북스는 다음세대에게 필요한 지혜와 교양을 생각합니다.

매일,
새로운 날들이
시작됩니다

———————

고나원 지음

꿈을 위해 감사로 일어선 어느 교사의 이야기

미다스북스

3장

어떤 고난에도 감사는 그칠 수 없어!

"행복한 사람은
'지금, 여기'의 에너지로 가득 차 있다."

- 라인하르트 K.슈프랭어

고등학교 친구가 붙여 준 별명이 '늘 푸른 키 큰 나무'였습니다. 그것을 학생들이 줄여서 '늘샘'이라고 불러줍니다. 한번 선생님은 학생들이 졸업해도 선생님이라는 의미와 학생들이 힘들 때 언제든지 찾아와 쉴 수 있는 샘이라는 뜻이 있습니다. 그래서 저는 아이들에게 '늘샘'이라 불리는 것을 좋아하는 영어 교사입니다.

삶을 살아가는 사람 중에 사연 없는 사람은 없을 것입니다. 인생을 살다 보면 다들 한두 가지 사연은 다 가지고 있게 마련입니다. 사연의 크기가 크든 작든 간에 스스로에게는 가장 넘어서기 힘든 산이었을 수 있습니다. 남들도 다 하나씩은 가지고 있는 사연을 이렇게 책으로 출판하기에는 큰 용기가 필요했습니다. 내 사생활을 이렇게까지 공개할 필요가 있나 하고 여러 날 고민도 많았습니다.

하지만 이 책을 출판하고자 한 것은 제자들과 오래된 약속 때문이었습니다.

수업 중에 지친 아이들에게 희망과 용기를 주고 싶어 제가 살아온 인생 일부를 이야기해 주면 아이들은 다시금 힘을 내주었습니다. 그리고 그다음 이야기를 궁금해할 때마다 "샘이 책을 출판할게. 그때까지 기다리며 공부하자!" 하며 수업을 진행했습니다. 졸업한 학생들이 학교를 찾아와 "늘샘! 책 언제 나와요?"라고 물어볼 때마다 교사로서 약속했으면 지켜야 한다는 생각을 했습니다.

내 머릿속의 금침 56개, 4년의 고등학교 생활, 7년 반의 대학교 생활, 왜 선생님은 무한긍정 고나원이 되었는지 등 궁금한 이야기들을 이 책 안에 담았습니다. 내 삶의 이야기를 통해 어떠한 어려움이 있어도 절망하지 말고 그 어려움을 딛고 일어서라는 말을 하고 싶은 것이 아닙니다. 어려우면 어렵다고 이야기하고, 힘들면 쉬어 가고, 슬프면 실컷 울어도 됩니다. 다만 잊지 말아야 하는 것은 삶의 목표이자 삶의 의미라는 것입니다.

살아오면서 힘들었던 어려움도, 죽음도 이겨 낼 수 있었던 것은 하나님의 은혜와 함께 나만의 '꿈'이 있었기 때문입니다. 매일 주어지는 새로운 날들을 열심히 살아가는 이유도 여전히 나의 꿈을 가지고 있기 때문입니다. 나의 꿈은 내가 살아가는 방향키가 되어 주며 늘 버거운 순간에도 희망의 나침반이 되어 주곤 했습니다. 이제 영어 교사를 넘어 글로벌 리더를 키워 내는 교사로 새로운 꿈이 생겼습니다. 나는 나의 꿈을 향해 오늘도 하나님의 동행을 바라며 매일 한 걸음씩 걸어 나가고 있습니다. 이 책이 누군가의 마음속에 희망의 불을 켤 수 있기를 바라 봅니다.

사랑하는 얘들아! 선생님은 그 약속 지켰다.

1장

사랑이 사라져도
꿋꿋이 살아가겠어!

구급대원들이 남편을 들것에 싣고
응급실로 가는데 잠옷 바람에
외투 하나 걸치고 구급차를 따라 탔다.
병원에 도착하자마자
의사는 심폐소생술을 시작하였고
난 응급실 바닥에 꿇어
기도를 시작했다.

"하나님 제발 살려만 주세요.
건강하지 않더라도
제 옆에만 있게라도 해 주세요."

그날, 사랑이 멈췄다

◯

"삶을 사랑하면 삶 또한 내게 사랑을 돌려준다."

- 아르투르 루빈슈타인

신랑은 ROTC 출신의 장교였다. 빨래를 널어도 정확한 각을 잡아 널고 물건 하나 흐트러지는 것을 못 참고 반듯이 놓아야 하는 사람이었다. 그러던 그 신랑이 어느 날 윗옷을 뒤집어 입고 나와 식탁에 앉았다.

"신랑 옷 뒤집혔어. 요즘 정신이 없구나. 넋 나간 사람처럼 왜 그래?"

신랑은 예비군 중대장 시험을 위해 서울에 있는 학원을 일주일에 한 번 다녔다. 이 일이 있고 일주일 후, 그날도 여느 때처럼 신랑은 일주일에 한 번 가는 학원을 갔다. 저녁 준비하기 전인데 전화가 왔다.

"나 어디게?"
"이제 학원에서 출발하는 거야?"

"집에 거의 다 도착했어. 깜짝 놀라게 해 주려고 전화 안 하고 출발했지!"

장난기 많은 신랑은 집에 도착해서 저녁을 먹고 도서관에 갔다. 평소엔 학원을 다녀오면 집에서 마무리 공부를 했는데, 모의고사 성적이 좋지 않다며 다시 도서관으로 향했고 자정이 되어서야 들어왔다. 은우를 보면서는 "우리 아들 정말 잘 생겼네. 어쩜 저렇게 잘생겼지!"라고 말을 해 주고 나를 꼭 안아 주며 사랑한다고 말한 후 공부방으로 들어갔다.

나는 산후조리 오신 친정엄마가 이모 댁에 다녀오시면서 사위 생각났다며 사 오신 빵을 간식으로 챙겨주었다. 평소 같으면 엄마가 사 오신 것은 다 맛있다고 하는 신랑이 그날따라 맛이 없다고 해서 이상하다는 생각과 함께 다른 간식을 챙겨주었다. 신랑이 나에게 새벽에 은우 수유해야 하니 먼저 자라고 해서 침대로 가 잠이 들었다. 새벽 3시 50분쯤 아들이 울었다. 젖을 찾는 아이의 울음을 듣고 잠에서 먼저 깬 건 나였다.

침대에서 내려와 젖을 물리고 신랑을 바라보니 신랑이 너무 반듯한 모습으로 누워 있었다. '저렇게 반듯하게 누워서 자는 사람이 아닌데…. 코 고는 소리도 안 들리네.' 이상한 느낌이 들었다.

"신랑~"

작은 목소리로 불러보았다. 하지만 신랑은 아무 반응이 없었다.
'이상하다. 그럴 리가 없는데….'
신랑은 내가 내는 작은 소리에도 예민하게 반응하는 사람이다. 워낙 많이 아팠고 진통제를 자주 먹던 나에게 최적화되어 있는 청각인데 신랑은 아무 반응이 없었다.

"신랑!!"

조금 더 큰 목소리로 불러보았다. 아무 반응이 없었다. 아들을 가슴에 안고 신랑이 누워 있는 침대로 가서 코 밑에 손을 대어 봤다. 아무 느낌이 없었다. 신랑을 흔들어보지만, 소용이 없었다.

거실에서 주무시는 친정엄마에게 아들을 넘기고 119에 신고를 하는데 119 누르기가 그렇게 힘들 줄은 꿈에도 몰랐다. 번호가 생각이 안 나고 어디를 눌러야 하는지 한참을 헤맸다. 119에 통화가 되고 신랑의 상태를 말하니 119 구급대원이 오기 전까지 나보고 심폐소생술을 하란다. 침대에 있다고 하자 침대에서 내려오게 해야 한다고 했다. 178cm의 90kg이 넘는 사람을 침대에서 내리기는 어려웠다. 침대 밑까지 어떻게 내렸는지 모르겠다. 몸을 굴려 바닥에 내려놓고 119 전화기 너머로 들리는 소리에 맞춰 심폐소생술을 하였고 얼마 후에 구급대원이 도착했다. 그 사이 경찰관이 들어왔고 남편의 신분증을 달라고 하는데 그것이 어디 있는지 왜 그것을 달라고 하는지 생각할 겨를도 없었다.

구급대원들이 남편을 들것에 싣고 응급실로 가는데 잠옷 바람에 외투 하나 걸치고 구급차를 따라 탔다. 병원에 도착하자마자 의사는 심폐소생술을 시작하였고 난 응급실 바닥에 꿇어 기도를 시작했다.

"하나님 제발 살려만 주세요. 건강하지 않더라도 제 옆에만 있게라도 해 주세요."

핸드폰으로 신랑에게 은우의 옹알이 녹음된 것을 틀어 주었다. 아들 목소리를 듣고 깨어나라고… 이렇게 예쁘고 어린 아들을 두고 가지 않을 거라고…. 시간이 어느 정도 지났을까, 의사가 심폐소생술을 멈추었다. 난 의사 선생님께 조금만 더 시도해 보시라고, 신랑이 의지가 강한 사람이라 살 수도 있다고 조금만 더 해 달라고 애원을 했다. 의사 선생님은 조금 더 시도하시더니 심장마비로 사망 판정을 하셨다.

결혼한 지 2년이 안 되었는데, 은우가 태어난 지 이제 4개월 되었는데 이렇게 나를 혼자 두고 천국에 가면 이건 사기 결혼이다.

어느 날 신랑이 나보고 "미안한데 너보다 하루만 더 살다 죽을게."라고 했었다.

이유를 물으니 내가 너무 약하고 외로움을 많이 타니 자기가 나보다 하루만 더 살다가 간단다. 그때 나는 우리 둘이 같은 날, 같은 시에 천국에 가면 좋겠다고 대답했는데 이렇게 나만 두고 아니 4개월 된 아들이랑 둘만 두고 가는 것은 약속 위반이다.

신랑을 떠나보낸 응급실에서 난 우리가 미래를 계획하며 꿈꿨던 그 집으로 다시 들어갈 수가 없었다. 어떻게 장례를 치렀는지 알 수가 없다. 시댁이 있는 여수로 내려가 빈소를 차리고, 부검을 마치고 돌아온 신랑이 관 속에 누워 있는데 마지막으로 손을 잡아 보게 해 주셨다. 평생 죽을 때까지 손잡고 다니자고 했던 그 손을 이제 마지막으로 잡아야 할 시간. 손을 놓을 수가 없었다. 이 손을 놓으면 난 더는 의지할 사람이 없어지기 때문이다. 시댁 식구들은 이런 나를 진정시키고 나에게 검은 옷을 입히셨다. 신랑에게 마지막 인사를 오는 손님들께 나는 검은 옷을 입고 인사를 했다. 그리고 화장터로 옮겨져 뜨거운 불 속으로 들어가는 신랑을 보면서 난 할 수 있는 일이 없었다. 아빠가 불 속에 있는 동안 4개월 된 아들은 아무것도 모르고 시댁에서 내 유일한 고등학교 친구와 함께 있었다. 앞으로 아들을 아빠 없는 자식으로 어떻게 키워야 하나, 이런 것을 걱정할 정신도 없이 난 현실을 받아들여야만 했다.

난 두 살 때 아버지가 돌아가셨다. 내가 태어나고 얼마 지나지 않아 췌장암으로 돌아가셨다고 한다. 배가 아파 병원에 가서 수술하시다가 췌장암인 것을 알고 그대로 덮었고, 그 후 얼마 안 있어 가족 곁을 떠나셨다. 한국 나이로 두 살이면 아빠는 나와 1년을 살았을까. 내가 태어나고 아빠가 편찮으셔서 난 돌사진도 없고 아빠와의 추억도 전혀 없다. 나는 아빠라는 존재가 어떤 사람인지도 모르고 자랐다. 엄마는 아빠의 빈자리를 채우기 위해 그리고 생계를 꾸리시느라 바쁘셨다. 다른 사람들이 엄마, 아빠와 여행을 가는 모습을 보면 부러웠고 가족사진에 엄마, 아빠와 함께 찍힌 사진이 너무 부러웠다. 그래서 나도 그런 가정을 꿈꾸어 왔다. 엄마, 아빠와 아이가 행복하게 사는 평범한 삶을 우리 아이에게 선물해 주고 싶었다. 신랑과 결혼할 때도 어떤 조건보다 그가 건강해서 내 옆에 오랫동안 있어 주고 늙어서 두 손 잡고 산책하는 모습을 꿈꾸었다. 하지만 이 모든 것이 하룻밤 사이에 같이 자던 침대 위에서 물거품이 되었다. 그날 오후 신랑이 깜짝 놀라게 해 주려고 전화도 없이 집에 왔다더니, 더 놀랍게도 그날 밤에 집을 영원히 떠났다.

항상 내 편이던 내 사람이 이제 없다는 사실을 받아들일 수가 없었다.

신혼집의 짐은 오빠가 정리했는데 침대를 보더니 매트리스에 묻은 얼룩으로 미루어 이미 침대에서 사망한 것 같다고 한다. 사망 후 일시적인 이완으로 항문이 열려서 분비물이 나와 침대에 얼룩이 있었다고 한다. 버릴 것은 버리고, 기부할 물건은 기부하고, 나머지는 이삿짐 창고에 넣어 보관하기로 했다. 신랑이 다니던 독서실의 물건은 친정엄마가 가서 짐을 정리하고 오셨다. 공부하던 책들, 실내화, 그리고 내가 만들어 준 합격증이 공부하는 책상에 붙어 있었댔다. 친정엄마가 주인을 잃은 물건들을 쓰레기통에 버리고 정리하는 심정이 어땠을지 상상이 간다.

장례식 후 나는 두 달간을 여수 시댁에서 보냈다. 시댁은 하나밖에 없는 아들, 오빠를 잃은 슬픔과 넋을 놓고 있는 며느리와 아무것도 모르는 손자를 보며 힘들었을 것이다. 멍하니 거실에 앉아 있다가 밖에 나가 하늘을 보는 것이 일과였다.

하지만 이젠 정신을 차려야 했다. 육아휴직 6개월이 끝나가고 복직이 다가오고 있었다. 그러나 어디서 누구의 도움을 받으며 아들을 키워야 하나 걱정이 앞섰다. 나는 친정과 시댁이 있는 전라도에서 아들을 키워야겠다고 생각했는데 오빠가 전라도보다는 서울이 낫다고 하면서 오빠 옆으로 오라고 했다. 그렇게 오빠가 사는 아파트 옆 동에 우리 집을 정하면서 서울 생활이 시작되었다. 입주 청소가 덜 되어 먼지 날리는 집에 돌도 안 된 아들과 일흔 살이 넘은 친정엄마가 들어와 이삿짐을 정리하자니 눈물이 나왔다. 칠십 평생을 고흥에서 살던 친정엄마가 알고 지낸 익숙한 고향 땅을 등지고 딸을 위해 서울로 와 주신 것이 고마웠다. 덕분에 할머니, 딸, 손자가 모인 3대의 생활이 시작되었다.

친정엄마에 대한 미안함, 아들에 대한 책임감으로 막막한 날들이었지만 난 살아야 했고, 아들을 키워야 했다. 살다 보면 살아진다가 아니라 삶의 의미를 찾기 위해 살아야 했다. 왜 난 아빠 없이 자랐는데 남편도 없는가. 왜 우리 은우도 내가 싫어하던 나와 같은 아빠 없는 삶을 살게 하는지 그 이유가 너무나 알고 싶었다. 이유를 알 수 없는 망망대해에 떨어졌지만 난 헤엄치기 시작했다. 일단 허우적대기부터 시작해서 붙잡을 부표라도 잡고, 지나가는 배라도 기다렸다가 안 되면 '혼자 이 망망대해를 여행해 볼까?'라는 엉뚱한 상상으로라도 이겨낼 거다. 빠져 죽지만 않으면 난 살아 낼 것이고 등대가 보인다면 그곳으로 전진할 것이다. 등대가 보이지 않는다면 파도 소리와 새소리를 들으며 뜨거운 태양과 함께 적응하겠지. 살아갈 의지만 있다면!

운명처럼 내 곁에 온 소년

"날마다 일어나는 기적에 감사를 표현하는 것,
그것이 매 순간을 특별하게 만드는 가장 좋은 방법이다."

– 웨인 다이어

신랑은 내 초등학교 동창이다. 하지만 사실 처음엔 몰랐다. 같은 동네에서 자란 것도 아니고 어려서부터 학교를 같이 다닌 것도 아닌 6학년 때 전학을 온 아이였기 때문이다. 얼마나 관심이 없었으면 처음에는 왜 전학을 왔는지 어디에서 왔는지 묻지도 않았었다. 나중에 대학생이 되어서 안 사실이지만 신랑은 우리 동네에서 조금 떨어진 곳에서 초등학교에 다니고 있었고, 아버님은 그 초등학교 교사셨다. 근무하신 초등학교 교장 선생님의 비리를 알게 된 후, 대쪽 같은 성격의 아버님은 그 학교에서 아들을 교육할 수 없다고 하시며 인근 학교인 우리 학교로 6학년 때 신랑을 전학 보내셨다고 한다.

신랑이 처음 학교에 왔을 때 나는 학교 대대장이었다. 그때는 전교 학생

회장을 대대장이라고 불렀고, 개교 60주년 이래 첫 여자 대대장으로 당선이 되었다. 그때 교장 선생님께서 걱정이 되셨는지 나보고 잘할 수 있겠냐고 물으셨던 것이 아직도 기억이 난다. 그 시절에는 운동장 조회가 있었고 교장 선생님의 훈화 말씀이 있을 때 전체 학생 앞에 서서 "전체 차렷! 열중셔! 전체 차렷! 교장 선생님께 대하여 경례!"를 마이크 없이 해야 했던 때였다. 나는 어렸을 때부터 웅변대회를 많이 나가서 목소리는 컸기에 걱정이 되지 않았고 여자라서 못한다는 편견을 깨고 싶었다. 씩씩하게 잘할 수 있으니 걱정하시지 말라고 말을 하고 시작한 대대장이었다.

사실 난 1학년 때부터 5학년 때까지 계속 반장이었다. 이유는 우리 집이 슈퍼를 하기 때문이었다. 애들이 내 말을 안 들어 준다고 하면 엄마가 초코파이와 요구르트를 반 아이들에게 주면서 반장 말을 잘 들으라고 부탁을 하셨다. 심지어 아침에 우리 집에 와서 내 책가방을 가끔 들고 가는 남학생도 있었다. 초코파이의 위력은 이 정도로 대단했다. 엄마는 아빠 없는 아이라고 기죽지 말라고 초등학생 때부터 리더로 키우셨다. 그래서 6학년 때 학생회장이 되었을 때도 무서울 것이 없었다.

또한, 교장 선생님은 우리 집 사정을 잘 아시는 우리 교회 주일학교 부장 장로님이셨다. 누구보다 나를 사랑해 주셨던 분이셨다.

내가 대대장이 되자 교회 남자 집사님이 전체 차렷, 열중쉬어를 가르쳐 주셨는데 '열중쉬어'보다 '열중셧'이 더 크게 잘 들린다는 팁도 주셨다. 이렇게 모든 분의 응원과 기대 속에 내 초등학교 시절은 행복했었다.

전학 온 신랑이 나를 본 첫인상은 '이렇게 많은 남학생이 있는데 왜 여학생이 대대장이야?'라며 마땅치 않았다고 한다. 하지만 학교생활을 하면서 공부 잘하는 모습, 씩씩한 모습, 예쁜 모습이 점점 눈에 들어왔는지 하교하고 집에 가면 날마다 나의 이야기를 어머니께 했다고 한다. 우리 학교에 이런 여자아이가 있는데 진짜 예쁘다는 칭찬과 오늘은 그 아이와 무슨 일이 있었는지를 날마다 말했다고 한다.

내가 기억나는 추억은 교육청에서 주최하는 대회에 신랑은 서예 분야로, 나는 동화구연분야로 나가게 된 것이다. 그때를 신랑에게 물으니 방과 후에 남아서 연습을 하는데 분야는 달랐지만 같은 대회를 출전해서 같이 연습하는 것이 너무 설레고 좋았다고 했다. 대회가 끝나고 선생님이 짜장면을 사 주셨는데 대회 결과와는 상관없이 나랑 같이 먹는 짜장면이 세상에서 가장 맛있는 짜장면이었다며 웃었다. 또한, 하교하는 길에 신랑은 버스를 타고 집에 가야 했는데 항상 우리 집 앞을 지나가며 내가 뭐 하는지 기웃거리는 것도 신랑의 재미 중의 하나였다고 한다. 하지만 난 관심이 없는 남학생이었기에 특별히 기억나는 추억은 없었다.

결혼 후 우연히 앨범을 같이 보던 중 초등학교 졸업식 날 찍은 사진을 보고 깜짝 놀랐다. 졸업식 날 전교 1등 졸업으로 상장도 받고 꽃다발에 선물도 많이 받았지만, 나는 많이 울어서 퉁퉁 부은 눈으로 찍은 사진을 보며 웃고 있었다. 그때 신랑이 조용히 손가락으로 짚어 내는 사진 구석마다 발견되는 신랑의 얼굴들. 신랑은 내가 찍힌 사진마다 조금씩이라도 출현을 했다. 내 옆에서 어슬렁거리며 졸업 축하한다는 말을 전하고 싶었다고 했다. 하지만 사람들 속에 둘러싸여 있는 내게 말은 못 하고 주위를 맴돌다 찍힌 것 같다며 쑥스러워했다. 그때도 신랑은 아무도 모르게 나만 바라보고 있었다.

나와 신랑은 시골이라 같은 중학교로 진학을 했다. 그때도 나는 신랑에게 관심이 없었다. 공부를 뛰어나게 잘하는 것도 아니고 눈에 띌 정도로 잘생긴 것도 아닌 평범한 남학생이었다. 소풍 가서 찍은 사진을 보면 난 맨앞 중앙에 있고 맨 뒤의 바가지 머리 모양의 남학생이 신랑이었다.

기억나는 것은 신랑이 교실에 들어오는 모습이었다. 겨울이었는데 교실 출입문이 열리면 사람은 보이지 않고 항상 보온 도시락이 먼저 보였다. 책가방은 어깨에 메고, 보온 도시락은 목에 메고 교실에 들어오는 아이. 그 모습이 내가 중학생 때 신랑을 생각하면 떠오르는 것이다. 허허 웃으며 들어오는 신랑의 얼굴은 먹는 것 좋아하고, 그저 성격 좋은 남학생이었다.

우리 중학교는 인근 세 곳의 초등학교 학생들이 입학하는데 어느 초등학교 출신의 1등이 공부를 더 잘하는지 은근 경쟁하는 분위기였다. 그중 나도 그 경쟁에서 뒤지고 싶지 않아서 남자에 관심을 두지 않았다. 또한, 나는 3학년에 오빠가 다니고 있어 오빠의 동생으로 선생님들과 3학년 언니, 오빠들의 관심과 사랑을 받고 있었다. 1학년 때까지는 좋아하고 관심 있는 사람이 없었기에 신랑의 존재는 크게 다가오지 않았다. 하지만 그때도 신랑은 나를 열심히 관찰하고 있었다.

결혼 후에 중학교 생활을 이야기하면서 신랑은 내가 영어수업 시간에 무슨 역할을 맡아 연극을 했고, 어떤 선생님이 나를 가장 예뻐했는지, 체육시간에 다들 벌 받을 때 나는 선생님 심부름을 했고, 가사 시간에 떡볶이 요리를 같이했고, 소풍 가서 내가 무슨 노래를 부른 것까지 기억했다. 심지어 방과 후에 기타를 메고 자전거를 타고 지나갔던 모습과 교회로 피아노 치러 가던 모습, 자전거 뒤에 과일 상자 싣고 배달 가던 모습(우리 집이 슈퍼를 해서 자전거로 종종 배달일을 도왔다.)도 기억하였다. 신랑은 중학교 1학년 때도 아무도 모르게 나만 바라보며 신랑만의 추억을 만들고 있었다.

그러던 어느 날 그 소년은 전학을 갔다. 전학 왔을 때처럼 사실 어디로 갔는지, 왜 갔는지도 몰랐고 나중에 대학생이 돼서 다시 만났을 때 알게 되었다. 아버님이 다른 지역으로 전근을 가서 가족이 이사했다고 했다. 그때도 나와 헤어지는 것이 싫었지만 어떻게 할 수 없어 안타까웠다고 한다. 하지만 난 중학생인 내 삶에 큰 영향이 없었기에 나대로의 삶을 계속 살아갔다.

꾸준히 열심히 공부해서 좋은 성적을 유지하였고, 좋아하는 남학생이 생기기도 했지만, 그 남학생이 내 친구를 좋아한다는 것을 알고 포기도 했다. 교회 오빠를 좋아하기도 했지만, 콧대가 높아 고백은 하지 않는 그런 평범한 사춘기를 보냈다.

지금 생각해 보니 신랑에게 전학 간 후에 어떤 사춘기를 보냈는지 물어보지를 못해 아들을 키우면서 남자들의 사춘기는 어떨지 걱정이 된다. 학부모님들이 상담하실 때 항상 하시는 말씀이 "집에서는 문 쾅 닫고 들어가면 말도 안 하는데 학교에서는 어떤가요?"라는 질문이다. 학교에서는 잘한다고 하면 의아해하시는데 우리 아들도 집에서 어떤 사춘기의 모습을 보일지 걱정이다. 신랑의 사춘기 이야기를 못 들은 것이 못내 아쉽기도 하지만 아들을 보면서 아빠의 사춘기를 짐작해 보는 것도 나쁘지 않을 것 같다.

지금 아들을 보면 한 여자를 좋아하는 순애보는 닮지 않은 것 같은데, 사춘기는 아빠랑 닮았을지 궁금하다. 아들의 사춘기를 여자인 엄마가 남자의

심리로 잘 이해하며 무사히 넘길 수 있기를 바라본다.

투병 중인 소녀, 사랑하다

◖

"세상은 고통으로 가득하지만, 그것을 극복하는 사람들로도 가득하다."

– 헬렌 켈러

    나는 시골에서 중학교는 다니고 고등학교는 도시로 진학하였다. 오빠가 광주에서 고등학교에 다니고 있었기에 오빠와 함께 자취를 시작했다. 오빠가 고3이니까 오빠 학교 근처에 자취방을 얻고 나는 버스를 타고 고등학교에 다녔다. 오빠가 대학생이 되고 내가 고등학교 2학년이 되었을 때 갑자기 머리가 아프기 시작하였다. 원인도 모를 오른쪽 편두통이 심해지더니 구토가 시작되고 음식 섭취가 불가능해져서 더는 학교에 다닐 수가 없게 되었다. 시골에 계신 엄마가 걱정하실까 봐 근처 병원에 다니면서 약을 먹었는데 소용이 없었다. 학교에서 엄마에게 연락하고 휴학을 결정했다. 이때부터 나의 투병기가 시작되었다.

    어느 날 시골집에 왔더니 편지 한 통이 와 있었다. 도착한 지는 꽤 된 것 같은데 언제 왔는지 외할머니가 받아서 책꽂이에 꽂아 두신 편지였다. 이름이 낯설었다. '누굴까?' 편지지 테두리에는 '새로운 출발을 위하여….'가 쓰여 있고, 편지지 안에는 CCM 가사로 편지가 시작되었다. 정성스럽게 쓴 테두리 안에 적힌 내용을 읽어 보니 기도하고 있으니 힘내라는 내용의 편지였고 마지막에 '너의 친구 류수현'이라고 마무리되어 있었다.

난 류수현이란 친구가 기억이 나지 않았다. 궁금한 마음에 초등학교 앨범을 열어 보니 동창이 맞았다. 중학교 앨범을 열어 보니 거기에는 없었다. '누구지?' 그만큼 신랑은 내 기억 속에 중요한 존재가 아니었다. 하지만 아픈 나에게 힘이 되어 주고, 위로가 되어 주는 그 친구에게 고마운 마음을 담아 답장을 썼다. 누군지 기억은 잘 안 나지만 나를 위해 기도해 주는 사람이 있어서 고맙다고. 그리고 꼭 건강해져서 새로운 출발을 하겠다고.

나중에 신랑에게 어떻게 내가 아픈 것을 알고 편지를 썼는지 물었다. 그랬더니 명절 때 외가를 갔는데 슈퍼 집 딸이 아파서 학교를 그만뒀다는 이야기를 들었다고 했다. 외가가 우리 동네 근처에 있었고 내가 아픈 이야기는 우리 동네뿐만 아니라 인근 동네에 소문이 자자했었다. 공부 잘하던 딸이 아파서 학교를 그만두고, 가게 문도 닫고 팔도를 돌아다니며 딸을 고치러 다닌다는 이야기. 그 덕에 머리 아픈 데 좋다는 약과 병원과 한의원의 소개는 계속되었고, 나는 그 좋다는 곳을 다 다녀야 했다. 신랑이 하는 말이 내가 쓴 답장은 신랑이 편지를 보낸 지 1년 만에 받은 답장이었고, 답장을 받아 너무 기분이 좋았다고 한다. 편지를 왜 썼냐고 물었더니 처음에는 내가 아프다는 말에 마음이 너무 아프고 충격이었는데 자신이 할 수 있는 일이 무얼까 생각했단다. 그러다가 나를 생각하고, 기도하고 있는 누군가가 있다는 것을 알려 주고 싶었다고 했다. 떨어져 지낸 중2, 중3, 고1, 고2

매해 신랑은 명절마다 외가를 방문하면서 내 생각을 하고 있었고 내 소식을 듣고 있었다고 한다.

 아픈 중에도 난 복학을 하고 4년 만에 고등학교를 졸업했다. 우여곡절 끝에 남들보다 2년 늦게 대학에 입학도 했다. 어느 날 엄마와 함께 언니 집으로 향하는 버스에서 내릴 때 제복을 입은 건장한 남자가 엄마와 나를 향해 거수경례했다. 난 누군지 몰라 어리둥절하고 있을 때 신랑이 엄마에게 자신을 소개했다. 사실 신랑의 큰아버지가 우리 시골교회에서 배출한 첫 목사님이라 엄마가 잘 알고 계셨다. 반갑다고 인사를 건네고 신랑이 나에게 명함 형식의 삐삐번호를 주었다. 내가 이런 것도 가지고 다니냐고 물었더니 언제든지 준비하고 다닌다고 했다. 이렇게 신랑을 우연히 다시 만나게 되었다.

 사실 신랑 학교에서 여천집에 가는 버스는 하루에 두 대뿐이라고 했다. 신랑이 차에 타서 가고 있는데 중간 정거장에서 나와 엄마가 타는 것을 보고 깜짝 놀랐다고 했다. 자기가 좋아했던 그 여자아이가 맞다는 생각에 그때부터 머릿속으로 계획을 세웠다고 한다. 내가 종착점 여수에서 내리면 자기도 여수까지 따라가겠다고 생각하고 내게 건네줄 연락처를 명함 형식으로 잽싸게 만들었다고 했다. 다행히 내가 내린 곳이 신랑집이 있는 여천 정류장이어서 같이 내릴 수 있었고 신랑은 계획한 대로 나에게 연락처를 줄 수 있어서 기분이 좋았다고 했다. 그리고 그 제복은 ROTC 제복이었다. 사실 제복을 입고 있는 건장한 남자에게 삐삐번호를 받는 것은 처음 겪어본 일이라 기분이 좋았다. 하지만 나의 건강 상태는 남자를 사귀고 연락할 정도는 아니었다. 대학교 1학년을 마치고 나는 다시 건강 문제로 휴학을 해야 했다.

그 후 신랑은 소위로 임관하고 나는 복학하여 다시 학교에 다니게 되었다. 신랑은 내가 다니는 대학교에서 1시간 정도의 거리에서 근무하게 되었고 신랑이 나를 찾아 대학교로 왔다. 그때부터 신랑은 종종 나를 찾아왔지만 나는 휴학과 치료, 복학을 반복했고 신랑은 다른 곳으로 근무지를 옮기게 되었다.

몸이 아팠기에 남들 다하는 미팅 한번 못 해 보고, 클럽 한번 못 가 봤지만 난 신랑이 가끔 찾아와 줄 때 참 고마웠다. 나도 남자친구가 있다는 생각에 든든했고, 사랑받고 있다고 느낄 수 있었다. 신랑 차를 타고 맛있는 것 먹으러 갈 때마다 데이트의 설렘도 가질 수 있었다.

연락을 주고받는 남자친구가 있다는 이유만으로도 나는 외롭지 않게 대학교 생활을 하던 중 우연히 대학교에 붙은 대자보를 보고 지원을 해서 해외문화탐방 기회를 얻게 되었다. 의사 선생님의 반대와 가족들의 걱정 속에 여행을 떠났다가 그곳에서 뇌종양 수술까지 받게 되었다. 수술을 받을 때까지 기다리는 시간과 수술을 받은 후 수개월의 병원 생활을 하는 동안 의지할 사람이라고는 신랑밖에 없었다. 유럽으로 떠나기 전에 남자친구라고 의지했던 유일한 남자였기 때문이었다. 외국 병원 생활의 불안감과 외로움을 달래기 위해 수신자 부담으로 신랑에게 전화하면 신랑이 항상 밝은 목소리로 나에게 위로와 힘이 되어 주었다. 나중에 알게 된 내용인데 그때 신랑의 경제적 사정이 좋지 않을 때였다고 한다. 처음엔 국제 전화 요금이 너무 많이 나와 부담이 되었지만 내 목소리를 들어서 좋았다고 했다.

수술을 마치고 건강해져서 돌아올 줄 알았던 계획과는 다르게 다시 환자로 돌아와 한국에서 병원 생활이 시작되었다. 방사선 치료를 받으면서도 난 7년 반의 대학 생활을 마치고 교사 자격증을 받게 되었다. 뇌종양 수술 후 재발을 경험하면서도 포기하지 않는 도전으로 3번의 임용고시에 실패하였고 4번째 임용고시에 합격하여 행복한 교사 생활을 하게 되었다.

진통제를 먹고 출근을 하면서도 이제 꿈을 이루었다는 행복감으로 남자친구와 아름다운 미래를 꿈꾸던 교사 3년 차, 그때 알게 된 희귀난치성 질환인 재생불량성 빈혈. 다시 투병 생활의 시작이었다.

남자친구는 강원도에서 근무하고 있었고 내 치료병원은 서울 강남구 일원동에 있는 삼성병원이었다. 병가를 내고 무균실에서 치료를 받고 있으면 남자친구가 근무를 마치고 금요일 저녁에 병원으로 헌혈증을 가지고 왔다. 수혈을 계속 받아야 하는 나를 위해 동료 병사들의 헌혈증을 모아서 들고 온 것이었다. 그리고 월요일 출근을 위해 일요일 저녁에 다시 강원도로 돌아가는 생활을 하였다.

병가가 끝나갈 무렵 병 휴직을 생각해야 했었다. 하지만 병 휴직에서 복직하기 위해서는 병 휴직의 사유 질병이 완치되어야 가능하다는 조건을 보고서 고민했다. 내가 과연 희귀난치성 질환이라는 이 병을 완치하고 다시 학교로 돌아갈 수 있을까. 그때는 완치될 자신이 없어서 내가 좋아하는 일을 하면서 죽겠다는 마음으로 의사 선생님과 가족의 반대에도 복직을 선택하였고 다시 출근하게 되었다. 일상생활에 복귀 후 조심스러운 점이 많았지만, 수혈을 정기적으로 받으며 혈액 수치가 유지되었다.

이 모든 투병 생활을 옆에서 지켜 준 사람이 내 남자친구였다. 항상 어디에 있던지 나의 모습을 지켜봐 주고 있는 사람이었다. 집에 있는 컴퓨터에 웹캠을 설치하고 내가 잘 지내고 있는지 아프지는 않은지 봐주는 사람. 그 사람이 나의 신랑이었다.

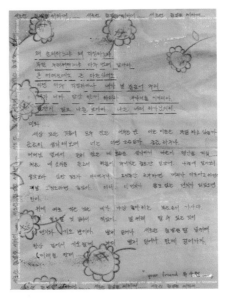

신랑 첫 편지

우리 결혼할까?

"필요한 유일한 용기는 당신이 원하는 삶을 사는 용기다."

– 오프라 윈프리

골수이식 수술을 하지 않았는데도 혈액 수치가 나빠지지 않았다. 주말마다 가서 받던 응급실 수혈도 기간이 길어지다 더 수혈을 받지 않아도 될 정도가 되었다. 그때 신랑이 결혼에 관해 이야기를 꺼냈다. 나는 지금까지 알고 지낸 남자는 신랑뿐이었고 내가 아픈 것을 이해하는 사람도 신랑뿐이니 결혼을 한다면 신랑하고 할 것이라고 했다.

하지만 첫 번째 장벽은 시댁 어른들의 반대였다. 내가 건강하지 않다는 것이었다. 나도 이해가 되었다. 시골에서는 내가 죽은 줄 알고 있을 정도로 아픈 아이였고, 교사가 되어서도 죽는다는 소문이 또 돌았기 때문이다. 당연하다. 건강한 며느리를 맞이하고 싶은 것은 당연한 바람이라 이해했다. 신랑에게 조금 더 기다려 보자고 하고 학교를 옮겨 두 번째 학교생활이 시작되었다.

나는 첫 번째 학교에서는 건강상 하지 못했던 담임을 두 번째 학교에서는 언제 아팠냐는 듯이 맡아 너무 감사한 마음으로 생활하게 되었다. 학급 아이들과 함께 감사일기를 쓰며 지역 신문에도 실리고, 경기방송 '달려라. 라디오스쿨'에도 나오게 되었다. 다양한 연구회 활동으로 다른 학교에 강의도 다닐 정도가 되니 다시 한번 신랑이 결혼 이야기를 하게 되었고, 이제 시댁에서 반대하지 않는다는 이야기를 듣게 되었다.

내가 친정엄마에게 결혼에 관해서 이야기했더니 엄마는 여러 가지 걱정을 하시며 그중에서도 현재 신랑의 재정 상태를 아는지 물으셨다. 빚이 있다는 것은 알고 있었지만, 얼마가 있는지는 모른다고 했더니 늦은 나이에 결혼하는데 그런 것은 알고 결혼을 하라고 하셨다. 사실 신랑은 ROTC 장교로 근무하면서 진급에 여러 번 떨어져 곧 제대해야 하는 상황이었다. 신랑은 자신이 성실히 근무했다고 생각하여 진급할 것이라는 기대가 있었다. 그러나 곧은 성격에 상명하달식 군대 문화에서 잘못된 것은 잘못되었다고 말하는 성격이라, 군 조직에는 어울리지 않았을 것 같지만 자신은 몰랐던 것 같았다. 친정엄마의 이야기를 듣고 신랑에게 물었다. 부채가 얼마나 되느냐고…. 처음에는 빚이 있다고만 하고 자세히 말하지 않았다. 결혼하려면 알아야 하지 않겠냐는 설득에 자세한 이야기를 듣게 되었다.

남편은 소위 시절 근무를 하면서 야간에 대학원을 다녔다. 그러던 중 졸음운전으로 중앙선 침범을 하게 되었고, 마주 오던 차와 충돌사고가 났는데 마주 오던 차에 네 명이 타고 있었다. 사고로 인하여 헌병대에 가게 될 것 같아 사고자들과 합의를 하기 위해 돈이 필요한 상황이었다. 그러나 그때 시댁은 사기를 당해 경제적으로 어려웠고, 아버님은 건강이 좋지 않았던 때였다. 큰아들이라 부모님께 걱정을 끼치기 싫어 혼자 합의금을 마련하기로 했는데 사회 초년생이고 네 명의 합의금을 구할 방법이 카드론뿐이었다. 여러 개의 카드로 빌린 돈을 돌려막기를 시작했으나 더 힘들어져서 포기하고 싶었을 정도로 절망적인 상황이었다. 그렇다고 돈을 절약해서 사용하지도 못하고, 그동안의 소비 습관은 계속되었다. 부모님께, 동생들에게, 여자 친구인 나에게, 동료들에게, 부하들에게 아무 일 없듯 하던 대로 소비를 하였기 때문이었다.

그래서 최종적인 부채는 5천만 원 정도가 되었다. 이 말을 들은 친정 식구들 엄마, 언니, 오빠들은 결혼을 반대하였다. 늦은 나이에 결혼하는데 마이너스로 시작하는 건 너무 힘들다고 정신 차리라고 한마디씩 하였다. 심지어 친정엄마는 시댁에 전화해서 부채를 다 갚기 전에는 결혼은 없었던 일로 하자고 통보를 했다고 했다. 시댁에서도 아들이 부족한 것이 뭐가 있느냐고, 지금 공무원이고 건강한데 아쉬울 것 없다며 큰소리를 치셨다고 했다. (신랑이 진급이 안 되어 곧 제대해야 한다는 사실을 시댁에 말하지 않았다고 한다.)

엄마에게 그 말을 듣는 순간 나는 밤새 고민을 했다. 나에게 신랑은 어떤 존재인지, 나의 결혼관은 무엇인지, 이대로 관계를 끝내도 되는지 생각하느라 잠을 이룰 수 없었다. 신랑은 내가 아팠을 때 내 곁에 있던 사람이고 나의 최악의 모습을 보고도 예쁘다고 해 주는 사람이었다. 내가 기도하던 신랑의 조건은 3대째 예수 믿는 집안에 악기를 잘 다루는 형제였다. 신랑 집안이 3대째 예수 믿는 집안이고, 신랑 말로는 자신이 악기를 다루지는 못하지만, 자신의 목소리가 훌륭한 악기라고 했다. 정말 신랑은 찬양을 잘했다. 신랑이 전역해도 그냥 놀고먹으면서 가정에 책임감이 없을 사람도 아니었다. 그래서 난 친정엄마에게 울면서 전화했다.

"엄마! 나, 이 사람 아니면 안 될 것 같아요. 내가 만나 본 남자는 이 남자뿐이고, 나를 가장 잘 아는 남자도 이 남자예요. 아팠을 때 지켜봐 주고, 응원해 준 남자도 이 남자고. 내가 이 남자랑 결혼을 안 하면 결혼은 할 수 없을 것 같아요."

그러자 엄마가 그 부채를 다 해결하면 결혼을 허락한다는 조건을 거셨다. 그래서 난 대학원 가려고 준비한 돈을 몰래 신랑 부채 갚는 데 사용하였고, 시댁에서도 부채 갚는 것을 도와주셨다. 그리고 틈틈이 만나 결혼 준비를 시작했다.

영화로도 상영된 장강명 님의 『한국이 싫어서』에 이런 내용이 나온다. "사람이 가진 게 없어도 행복해질 수 있어. 하지만 미래를 두려워하면서 행복해질 순 없어. 나는 두려워하면서 살고 싶지 않아." 신랑과의 결혼 준비는 돈이 없는 초라한 시작이었다. 하지만 소설의 내용처럼 가진 것이 없어도 행복하게 잘 살 수 있을 것으로 생각했고, 가난한 미래를 생각하느라 두려워하면서 살고 싶지 않았다.

남들은 결혼 앞두고 피부과도 가고 마사지도 받는다는데 나는 그런 호사는 누리지 못했다. 사실 잘 몰랐다. 누가 알려 주지도 않았고, 그래야 하는

지도 몰랐다. 나중에 옆에 선생님이 결혼한다며 피부과를 다닌다고 할 때 알았다. 결혼하기 전엔 가장 예쁜 신부가 되기 위해 준비를 하는구나. 친구들이 스튜디오·드레스·메이크업을 도와주고 같이 돌아다녀 주는구나…. 난 시골 중학교 친구들과의 교류가 없었다. 사실 교사가 되고 어느 정도 연락이 돼서 한두 번 만났는데 다시 아픈 후 연락이 끊겼다. 고등학교도 4년을 다녀 연락하는 학교 친구는 딱 한 명 있는데 형편상 결혼 준비를 도와줄 수 없었고, 연락하던 교회 친구도 없고, 대학교도 7년 반을 다녀 동기도 친구도 없어 결혼 준비는 오롯이 신랑과 함께했다.

　예식장은 시댁이 다니는 교회에서 하기로 했고, 주례는 담임 목사님이, 결혼사진 촬영도 시댁 근처에서 간소하게 찍었다. 드레스는 신랑과 같이 가서 골랐는데 드라마에서 보는 그런 설렘이 아니었다. 예쁜 드레스를 입고 나오면 예비 신랑이 '와~'하고 반하는 그런 환상적인 모습과는 멀었다. 실제 내 모습은 한쪽 눈은 잘 떠지지 않는 모습에 화장기도 없고 머리도 엉망이어서 뭘 입어도 안 예뻐 보였다. 화장도 하고 머리도 예쁘게 하고 갔으면 뭘 입어도 예쁠까 말까 하는데 난 그런 것에 관심이 없고 눈마저 조화를 이뤄주지 않으니 실망이 컸다. 하지만 신랑은 예쁘다고 해 주며 드레스를 골라주었다. 언니에게 전화해서 물어보기도 하면서 내 생각이 아닌 남의 선택으로 드레스가 결정되었다. 열일곱 살 때 아픈 이후로 항상 주변의 보호를 받고 자랐기에 나 혼자 선택하는 것이 너무 어려웠다. 유일하게 내가 자신 있게 선택한 것은 신랑과의 결혼이었다. 또한, 신혼여행은 저렴한 곳을 알아봐서 동남아로 결정했다. 신랑은 내 덕에 여권에 도장을 찍어 본다며 고마워했다. 신혼살림은 결혼해도 같이 살 수 있는 상황이 아니었기에 지금 사는 대로 살기로 했다. 신랑은 부대의 간부 숙소에서 지내고 나는 내 자취방에서 지내는 주말부부로 시작하기로 한 것이다. 그래서 살림을 합치기 전까지는 아무 준비가 필요 없었다. 숟가락, 젓가락 하나 사지 않고 결혼을 준비하였다. 신랑이 군대를 전역하면 그때 상황에 맞춰 신혼살림을 사기로 하고 미뤄두었다.

같이 근무한 선생님들께 결혼을 어떻게 알릴까 고민을 하다가 우리의 이야기를 시로 써 보기로 했다. 그리고 준비한 청첩장을 돌리며 이 글을 메신저로 보내니 선생님들이 동화 같은 이야기라며 많은 축하를 해 주셨다. 2012년 11월 10일 난 결혼식을 올렸다.

결혼사진

고나원과 류수헌의 결혼에 초대하는 글

시골 초등학교 6학년 1학기 말
꼬질꼬질한 학생이 아빠의 손에 이끌려 전학을 왔습니다.
그리곤 전교생이 모인 운동장 조회 때
맨 앞에 똘망똘망한 눈에 당차게 서 있는 소녀를 보았습니다.
"쟤는 뭐야? 남자도 아닌 게 전교 회장이야?"
소녀와 소년의 첫 만남은 이렇게 시작되었습니다.

중학교 1학년 2학기 사춘기가 시작되던 그 소년은
아빠의 전근을 따라 이사를 하게 되고
첫사랑이자 짝사랑이던 그 소녀는 마음에 품은 추억이 되었습니다.

고등학교 2학년 우연히 외갓집을 통해 들려온
그 소녀가 매우 아프다는 이야기,
소년은 걱정된 마음에 용기 내 편지를 써서 보냈지만, 답장은 없고
기다리던 1년 후 어느 날,
병원에 있어서 편지를 읽을 수 없었고 퇴원하여 보낸다는 편지,
그 소년은 다시금 설레는 마음으로 옛사랑을 떠올립니다.

그 소녀는 대학교에 입학하여 ROTC 예비장교가 되었고
그 소녀는 힘든 상황에서도 꿈을 포기하지 않고 대학교를 입학하게 되었습

니다.

서로의 삶을 열심히 살던 어느 날 소년은 김해에 있는 학교에서 여천집으로 가는 버스를 탔는데 우연히 어렸을 때 그 소녀와 어머니가 그 버스를 탔습니다.

소녀를 알아본 소년은 가슴이 두근거리고 떨리기 시작했습니다.

'여천에서 내릴까? 여수에서 내릴까?', '뭐라 말할까? 나를 알아볼까?'

다행히도 소녀는 여천에서 내렸고, 소년은 준비한 연락처를 잽싸게 건넸습니다.

1998년 이렇게 그들의 인연은 다시 시작하게 됩니다.

건강이 약했지만 꿈을 이루고 싶은 소녀는 친구가 필요했고

그 소년은 소녀 옆에서 위로자이자 지지자가 되어 주었습니다.

그러던 중 소녀의 용감한 도전이 소년을 걱정시키고

그 걱정이 1년이 넘는 소녀의 해외 생활로 이어집니다.

소년은 묵묵히 기도하는 마음으로 기다립니다.

소녀가 한국에 돌아오자 소년은 변함없이 소녀의 친구가 되어 줍니다.

몸과 마음이 연약해진 소녀는 또 그 소년에게 기댑니다.

소년의 용기와 지지에 소녀는 다시 공부를 계속하여 어릴 적 꿈이었던 교사가 되었고,

자신이 하고 싶은 일을 하면서 행복하게 지냅니다.

그런 소녀를 보면서 소년은 하염없이 기뻐합니다.

그러던 중 소녀는 다시 한번 시련을 겪게 됩니다.
소녀가 응급실 무균실에 누워 있을 때 소년은 묵묵히 그 옆을 지켜 줍니다.
반드시 일어날 것을, 회복될 것을 믿으며….

다시 그 소녀는 힘을 냈습니다.
그리고 다시 자신이 원하던 그 교사라는 자리로 돌아왔습니다.
그 소년 또한 행복했습니다.

14년 동안 그 소년은 소녀의 약한 부분을 채워 주었습니다.
소녀가 '하나님께서 주신 선물'이라고 믿었기에
소녀가 모든 어려움을 이겨 낼 것을 믿었기에

이제 건강해진 소녀와 14년을 변함없이 지켜봐 준 소년은
부족한 부분을 채워 주고
연약한 부분을 감싸안아 주는, 하나가 되고자 합니다.
그날이 바로 오늘입니다. 2012. 11. 10.

결혼식 전날 여수 시댁에서 잠을 자고 아침 일찍 헤어와 메이크업을 받으러 출발했다. 중1 때부터 쓴 안경을 벗으니 항상 안경테로 가렸던 눈이 드러나 걱정되었다. 한쪽 눈꺼풀이 많이 처져 있어서 심한 짝눈인데, 메이

크업으로 극복이 될지 걱정이 되었기 때문이었다. 내 마음을 알았는지 옆에 있던 신랑이 모든 사람은 원래 짝눈이라며 위로를 해 주었다. 골라두었던 드레스까지 입고 결혼식을 하러 교회로 이동하였다.

나는 신부 대기실에서 아픈 나를 살려서 결혼시킨다는 뿌듯함과 서운함이 묻어나는 엄마를 보니 더 울컥했다. 같은 학교 선생님들, 주무관님들도 먼 길 축하해 주러 오셔서 너무 감사했다. 특히, 협동학습 연구회 선생님들이 먼 길을 와 주셔서 친구가 없는 나는 무척 감사했다. 결혼식 덕에 여수 여행을 할 수 있어 좋다고 하시던 그분들이 신랑 장례식에도 와 주신 고마운 분들이다.

또한, 대학교를 같이 다닌 동생이 와 주어서 너무 고마웠다. 영어를 정말 잘하는데 임용고시와는 인연이 없는지 자꾸 떨어져 속상했다. 그런데 학교 대신 영어마을에서 근무하면서 외국인을 만나 결혼을 하고 지금은 미국에서 아들 둘과 행복하게 살고 있다. 임용고시에 떨어진 이유도 남편을 만나기 위해서였나보다고 웃었던 일이 있었다.

나의 유일한 고등학교 친구도 와 주었다. 기독동아리 S.F.C.에서 만나 내가 휴학하는 동안 친구들 데리고 시골로 병문안도 와 주고, 신랑 장례 치르는 동안 시댁으로 내려와 우리 아들을 돌봐준 고마운 친구다.

나의 첫 제자들도 와 주었는데 축가를 불러주기로 한 제자가 못 와서 많이 미안해하는 상황이었다. 결혼식이 끝나고 직접 작사한 랩을 녹음해서 보내 주었다. 사실 담임을 맡고 있었기에 우리 반 아이들이 와서 축가를 해 주면 좋겠다는 바람이 있었다. 하지만 워낙 먼 길을 와야 했기에 안전상의 문제로 지도교사가 필요했는데 다른 선생님께 부담을 주고 싶지 않았고, 아이들의 교통비 식비도 무시할 수가 없었다.

아빠가 안 계시니 신랑과 손을 잡고 입장을 하였다. 떨리는 마음으로 ROTC 후배들의 사열을 받으며 입장을 하고 목사님의 인도로 결혼 예배가 진행되었다. 부모님께 인사하는 시간에 신랑이 엄마를 향해 넙죽 절하는 모습이 엄청 뭉클했다. 신랑 후배들의 축가는 부르다가 가사를 잊어먹어 당황했지만 먼 길 와서 축하해 준 것만으로도 너무 감사했다. 퇴장하면서는 ROTC 후배들의 짓궂은 장난에 즐거운 결혼식이 되었다. 뽀뽀뽀 노래에 맞춰 뽀뽀해야 했고, 신랑은 체력 테스트를 위해 나를 안고 일어섰다 앉기를 해야 했으며, 강남스타일로 춤도 춰야 했다. 이 모든 것을 비디오에 담지 못해 아쉬웠는데 제자가 동영상으로 남겨주어 참 고마웠다.

신랑 부대에서는 딱 한 명만 참석해서 신랑이 많이 아쉬워했지만 그래도 와 주신 그분이 너무 소중했다. 신랑과 함께 근무했던 후배도 왔는데 그 후배는 신랑이 제대하고 아나운서를 하라고 권해서 지금 아나운서를 하고 있다며 감사하다고 찾아왔었다. 그리고 보니 신랑도 친구가 없었다. 중학생 때 친구도, 고등학생 때 친구도 없고, ROTC 동기들 몇 명이 참석해서 축하해 주었다. 그러면서 신랑이 내가 중학교, 고등학교, 대학교 친구가 없다는 것은 그렇게 큰 문제가 되지 않는다고 위로를 해 주었다.

결혼식 때 교회 스크린 자막에 신랑 류수현 군과 신부 고낙원 양으로 쓰여 있는 것을 결혼사진을 정리하면서 알았다. 누구의 실수인지 아니면 예지력이었는지 알 수는 없지만, 사진을 보면서 "신랑은 나랑 결혼 안 하고 누구랑 한 거야?"하고 웃으면서 넘겼는데 결혼식 때부터 신랑은 낙원으로 갈 준비를 한 것인가 하는 생각이 들기도 한다.

결혼식이 토요일이었기에 주일 예배를 드리고 신혼여행을 갔다. 신혼여행 갈 때도 신랑 고나원, 신부 류수현으로 일정표가 와서 한참을 웃었는데 '나원이와 수현이는 둘 다 중성의 이름으로 누가 신랑인지, 누가 신부인지 헷갈리는 이름인가 보다.'라고 생각했다. 신혼여행을 가기 위해 공항에 도착하니 가수 인순이의 공연이 진행되고 있었다. '우와~ 우리 결혼했다고 유명 가수가 공항까지 와서 축하공연을 해 주네!' 하며 나만의 상상으로 신나서 떠난 여행이었다.

신혼여행 갔을 때 리조트에서 우리는 유명한 부부였다. 어디를 다니든지 손을 잡고 다녔고, 리조트 안에 떨어져 있는 꽃으로 서로의 머리에 장식해서 사진을 찍고, 아침마다 해변에서 Q.T를 하면서 두 손을 맞잡고 기도하는 모습이 인상적이었는지 리조트에서 일하시는 분들이 우리를 볼 때마다 엄지 척을 해 주셨다.

사실 신혼여행을 가면서 우리가 새로 산 것은 공항 갈 때 입을 커플 패딩 조끼와 신혼여행지에서 입을 커플티가 전부였지만 우리는 매일매일 행복했다. 멋진 옷이 없어도 호화로운 리조트가 아니어도 우리 둘만 있으면 즐거웠다. 이렇게 우리는 결혼을 했고, 앞으로 펼쳐질 멋진 삶을 계획했었다.

아침 Q.T

신랑과 한 달은 천사의 선물이었구나!

◎

"지금 당장 모든 것을 이해할 수는 없겠지만,
시간이 지나면 이유를 알게 될 것이다."

– 마더 테레사

    신랑과 나는 주말 부부로 시작을 하였다. 근무하던 학교 근처에 있는 작은 아파트에서 나는 계속 생활하였고, 신랑은 부대의 간부 숙소에서 생활하였다. 금요일 저녁이 되면 신랑은 퇴근하고 3시간이 넘는 운전을 해서 늦은 밤에 내가 깰까 봐 조용히 들어와서 내 옆에 누웠다. 그리고 주일 밤이 되면 다시 부대로 복귀하는 생활이었다. 주말 동안 우리는 근처 마트에서 장을 보고 알콩달콩 요리해 먹고 근처 공원에 나가 산책을 하는 소박한 즐거움을 즐겼다.

    그러던 중 생리가 멈추고 소화가 안 되는 느낌이 이상해서 신랑과 함께 병원을 갔더니 새 생명이 찾아왔다고 했다. 그렇게 아팠던 내가 결혼을 할 것이라고 생각도 못 했고, 그런 몸으로 아기를 갖게 될 것이라고는 꿈도 못 꾸었기에 기쁨은 뭐라 할 수가 없었다. 시댁, 친정 모든 가족에게 알리고 새 생명 맞을 준비로 들떠 있었다.

어떻게 태교를 해야 하는지, 어떤 태교가 좋은지 도서관의 책은 다 빌려서 읽기 시작했다. 아이가 태어나면 어디로 이사를 해야 할지 온갖 계획을 다 세우고 태명은 무엇으로 할지 이름은 누구에게 부탁할지 이런저런 꿈에 부풀어 있었다. 일단 하나님께 감사를 드리기 위해 그 주에 교회에 가서 새 생명을 주심에 감사 헌금도 드렸다. 뱃속 새 생명의 흔적인 초음파 사진을 카카오스토리에 올리고 나를 아는 모든 사람에게 축하도 받았다.

신랑은 조심하라고 신신당부하며 주말에 부대로 돌아갔고 혼자서 좋은 것을 먹고, 좋은 것을 생각하며, 좋은 것을 듣기 위해 노력했다. 신랑도 날마다 전화를 해서 아빠 목소리 들려준다며 전화기로 뱃속 아기와 이야기를 했다. 그러면서 다시 아기를 만날 다음 정기검진을 기다렸다.

정기검진 날이 되어 신랑과 병원에 갔는데 의사 선생님이 고개를 갸우뚱하셨다. 심장 소리가 들리지 않는다는 거였다. 아기에게 문제가 생긴 것이었다. 분명 들렸던 심장 소리가 배의 여기저기를 눌러 봐도 들리지 않는단다. 의사 선생님이 계류유산이라고 하시며 수술을 하자고 하셨다.

어떻게 이런 일이…. 계류유산이 뭔지는 모르지만 이렇게 떠나면 안 되는 거 아닌가. 심장 소리가 안 들린다고 바로 수술대에 올라가서 아이의 흔적을 지운다는 것이 말이 되는가…. 고민할 틈도 없이 자궁을 깨끗하게 청소하듯 나에게 온 생명을 데려가 버렸다. 난 받아들일 수가 없어 병원에서부터 집에까지 울면서 오니 신랑이 걱정되었는지 오빠에게 전화했다. 오빠는 이게 무슨 일이냐며 한달음에 서울에서 달려왔다.

"오빠야~! 하나님이 나에게 이러실 수가 있어? 난 임신하게 해 주셔서 감사하다고 감사 헌금까지 했는데. 하나님은 나에게 왜 이러신데? 왜 나한테만 이러신데? 내 헌금 돌려달라고 해."

하나님을 향한 원망인지 내 몸을 잘 관리하지 못했다는 나 자신을 향한 원망인지 모를 악을 쓰며 울어대니 오빠가 안정하라며 기도를 해 주고 돌아갔다. 이것도 아이를 낳는 것과 같다며 미역국을 먹으라고 하는데 난 먹을 수가 없었다. 신랑이 아무리 맛있게 끓여 준 미역국일지라도 그것을 맛있게 먹으면 떠나보낸 아기에게 너무 미안할 것 같았다.

이 아이는 왔다가 세상 구경도 못 하고 이름도 없이 장례식도 없이 그냥 가는 거구나. 무슨 진공청소기로 빨아들여 쓰레기 처리되듯이 그 아이는 어디로 갔을까를 생각하니 잠도 잘 수가 없었다.

이미예 님의 판타지 소설인 『달러구트 꿈 백화점 2』에 "언제나 인생은 99.9%의 일상과 0.1%의 낯선 순간이었다. 이제 더는 기대되는 일이 없다고 슬퍼하기엔 99.9%의 일상이 너무도 소중했다."라는 내용이 나오는데 그때 내 마음이 이러지 않았을까 싶다. 나는 하늘의 별이 된 아기 때문에 이대로 마냥 슬퍼할 수도 없었다. 0.1%의 낯선 순간보다 99.9%의 일상의 소중함을 찾아야 했다. 나는 나의 일상을 살아가야 하기 때문이었다. 슬퍼도 웃어야 하는 연예인들처럼 교사도 자신의 감정으로 학교에서 수업할 수는 없기 때문이다. 학교에 이 사실을 알리니 교장 선생님께서 다음부터는 초음파 사진 같은 것은 공개하지 말라고 하셨다. 여자의 은밀하고 소중한 부위를 공개하는 것은 적절치 않은 것 같다며 그런 사진은 소중히 다루라고 충고해 주셨다.

　나중에 축통이가 태어나고 우연히 본 신랑의 성경책 속에는 첫 번째 하늘나라로 간 아기의 초음파 사진이 꽂혀 있었다. 우리에게 찾아온 생명이었는데 그 흔적을 그냥 버릴 수 없어 간직하고 있었다고 했다. 사실 난 그 초음파 사진을 어떻게 처리했는지 생각도 나지 않았는데 버리지 못하고 간직한 신랑의 마음이 어땠을까…. 그 사진을 보면서 슬퍼할 나 대신 사진을 몰래 간직한 신랑도 첫 아이를 보내고 너무나 속상했는데 내가 너무 슬퍼하니 티를 내지 못했구나 싶었다.

　신랑은 부대로 복귀해서도 날마다 나를 웃겨 주기 위해 웹캠을 통해 웃긴 표정과 농담으로 기분을 풀어 주기 위해 노력했었다. 그러던 중 학교에서 우리 반 아이가 사고를 치고, 난 그 사고를 감당하기에 감정적으로 이겨 낼 수가 없어 병가를 한 달 신청하게 되었다. 몸도 마음도 쉼이 필요할 것 같다며 신랑이 잘했다고 해 주었다.

“드디어 우리가 함께 사는 신혼생활이 시작되는 거야. 기대된다!”

　신랑은 나의 기분을 풀어 주기 위해 이렇게 말했다. 그리고 나는 짐을 싸서 신랑 부대 숙소로 출발했다. 신랑 곁에서 안정을 찾아보고자 조용히 따라나섰다. 그땐 몰랐다. 처음이자 마지막으로 신랑을 출근시켜 보는 한 달을 만들어 준 건 작은 천사의 선물이었다.

신랑의 간부 숙소는 아파트도 아니고 그냥 주택처럼 생겼는데 칸막이로 구역을 정해 방을 만들어 놓은 듯해 보였다. 침대 하나 들어가는 작은방 하나와 욕실, 주방 겸 거실이 있는 작은 집이었다. 가져간 짐을 옮기고 처음으로 함께 사는 신혼생활을 시작했다.

　아침에는 내가 뚝딱뚝딱 요리해서 아침을 챙겨주면 맛있게 먹고, 각 잡힌 군복을 입은 후 출근했다. 부대로 출근하는 신랑 옆에는 손잡고 따라가는 내가 있었다. 걸어서 부대까지 가면서 오늘은 뭘 할 건지, 주말에는 뭘 할 건지 이야기를 나누다 보면 부대 앞에 도착했다. 꼭 껴안아 주면서 뽀뽀를 하고 헤어지면 보초 서던 병사들이 부럽다고 환호성을 질렀다. 신랑을 출근시키고 숙소로 돌아와 하루는 책을 읽고, 하루는 기타를 치며 찬양을 하고, 하루는 동네를 돌아다니며 시간을 보냈다.

　어느 날 독서를 하면서 무료한 시간을 보내고 있는데 신랑이 깜짝 방문했다. 어찌나 반갑던지!

"신랑 무슨 일이야?"
"색시가 뭐 하나 궁금해서 왔지!"
"그럼 지금 나라는 누가 지키고 있는데?"
"내가 김정은을 재우고 왔어."

　이런 농담을 하면서 놓고 간 물건을 찾아가곤 했다.
　저녁이 되면 신랑이 언제 오나 숙소 앞까지 나가서 어슬렁거리고 있으면 저 멀리서 나를 보고 뛰어오는 신랑이 너무 반가웠다. 우린 둘이 손을 꼭 잡고 집으로 돌아와 저녁 식사는 신랑이 솜씨 발휘를 했다. 신랑이 피곤할 때면 그 동네 맛집 탐방으로 한 달을 보냈다. 구석구석 모르는 곳이 없는 신랑 덕에 맛있는 것을 참 많이 먹었다.

부대가 있는 마을은 오일장이 열렸다. 장이 열리는 날이면 신랑과 손을 잡고 장 구경을 갔다. 우리는 여러 가지를 구경하다가 도넛 트럭을 발견하면 그 자리에서 2개씩 먹고 서로 입에 묻은 설탕을 털어 주며 한 봉지 사서 자리를 이동했다. 시골장의 도넛 단골손님으로 갈 때마다 사장님이 엄청 반겨 주셨다.

신랑은 와인에도 관심이 있었다. 난 그때까지 성찬식에서 마시는 포도주 밖에 몰랐는데 신랑이 알려 준 와인들을 맛보면서 와인이 참 다양하다는 것도 알게 되었다. 신랑이 와인을 알려 줄 때마다 "오~ 촌놈이 와인을 마시니 내 신랑 멋져 보인다!" 하면 멋쩍어 웃던 모습이 생생하다.

신랑은 커피에도 관심이 많았다. 다양한 드립 기구들이 있었고 내려 마시는 기계도 가지고 있어서 아침마다 다양한 원두에 다양한 커피를 나에게 제공해 주었다.

"신랑~ 오늘은 라떼로 부탁해요!"
"바로 우유 많이 넣은 따뜻한 라떼 대령하겠습니다."
날마다 소꿉장난하듯이 보내는 즐거운 하루였다.

신랑의 취미 중의 하나는 산악용 자전거 타기였다. 비싼 자전거를 사서 나에게 한 소리 들었지만 건강한 취미이니 멋지게 같이 타 보기로 했다. 그

동네 자전거 가게 사장님과 친분이 있는 신랑 덕에 내 자전거는 사장님에게 빌려서 같이 해안 도로를 따라 라이딩을 했다. 힘들기도 했지만 도착해서 바다를 볼 때는 너무 기분이 좋았다. 그 자전거를 한 달 동안 빌려주셔서 동네 여기저기를 다닐 수 있어서 참 고마웠다.

신랑은 부대 교회에 다니지 않고 마을에 있는 교회를 다녔는데 류수현 집사님 사모님이 왔다며 다들 반겨 주셨다. 신랑이 그 교회에서 존재감이 있는 사람이라고 생각했는데 주일마다 성가대에서 성가대원으로 섬기고 있었다. 신랑의 연습을 옆에서 기다리다 연습이 끝난 후 집으로 돌아올 때마다 찬양을 잘하는 신랑이 너무 뿌듯했다. 역시 신랑은 악기는 못 다루지만, 하나님이 주신 몸의 악기는 잘 다룬다고 생각했다.

교회 집사님 중에 사진관을 하시는 분이 계셨다. 신랑이 제대해서 이력서 등에 사용할 증명사진을 내가 있을 때 찍으면 좋겠다고 해서 결혼식 때 입었던 정장을 입고 깔끔하게 사진을 찍었다. 잘 나왔다며 뿌듯해했더니 그때 찍어 둔 사진 파일이 신랑의 영정사진이 되었다. 천국의 청지기로 취직이 되어 버린 것이다. 그래도 이때 찍어 둔 사진이 있어서 마지막 가는 길 다른 사람들에게 멋진 신랑으로 기억될 수 있어 얼마나 다행인지 모른다.

신랑 숙소에서 조금 떨어진 곳에 큰 나무가 있어 그늘이 좋은 넓은 들판이 있었다. 우린 주말에 차를 타고 돗자리와 간식을 챙겨 소풍을 갔다. 나는 따뜻한 햇볕 아래 튼튼한 신랑의 무릎을 베고 누워 있으면 너무 행복했다. 누워 있다가 심심하면 일어나 가져간 기타를 내가 치고 신랑은 노래를 불렀다. 그때 이승철의 〈그런 사람 또 없습니다〉를 신랑이 엄청 잘 불러줬는데 정말 나에게 신랑 같은 사람은 또 없는 것 같다.

　신랑을 날마다 출근시키고 퇴근하는 것을 기다려 보는 것이 이때가 처음이자 마지막이었다. 그 후에 신랑은 전역해서 출근 대신 도서관으로 공부하러 갔고 퇴근하는 것을 기다려 보기도 전에 하늘나라로 가 버렸다.

　작은 천사를 떠나보내며 학교에서 병가를 내고 마음을 추스를 때 마음에 담아두었던 글이 있다. 『딸딸 외우고픈 감동영어 101』에 나온 톨스토이의 글귀이다. 그때는 떠나간 천사보다 지금 현재를 생각하고, 함께 있는 사람이 가장 중요하다고 생각하자고 읊조리던 말이었다.

Your most important time is the present.
And your most important person is whom you are with.
(당신에게 가장 중요한 때는 지금이며,
당신에게 가장 중요한 사람은 지금 함께 있는 사람이다.)

　지금 생각하니 그렇게 작은 천사가 떠나면서 나에게 선물한 신랑과의 순간순간은 너무 소중한 추억이었다. 함께 있던 나의 신랑이 가장 중요한 사람이었다.

엄마가 되면 이렇게 되나 보다.
아무리 힘들어도 소중한 것은 무엇이나
다 주고 싶고 마음.

축통이가 왜 우는지 이유를 몰라
밤새 잠을 못 자고,
젖이 안 나와 힘들게 젖을 짜고
유방에 통증이 있어 열이 나도
축통이가 한번 웃어 주면 너무 행복하고,

데리고 나갔다가 이쁘다는 소리 들으면
세상을 다 얻은 기분을 선물해 주는,
그리고 못다 준 사랑만이 아쉬운 내 사람.

기적처럼 찾아온 축퉁이

◐

"행복은 우리가 가진 것에 감사하는 마음에서 온다."

- 미셸 드 몽테뉴

한 달의 병가를 마치고 나는 다시 학교로 복직하고 신랑은 마지막 부대에서의 생활을 마무리하고 있었다. 우린 컴퓨터에 설치된 웹캠으로 서로의 일상을 바라보면서 날마다 파이팅을 외치고 서로를 위해 기도하며 잠자리에 들었다. 9월의 어느 토요일에 신랑이 친구 결혼식에 사회를 맡아서 지방에 내려가야 해 금요일 밤에 못 온다며 미안하다고 했다. 난 사회 보는 신랑의 멋진 모습을 상상하며 괜찮다고 잘 다녀오라고 했다. 토요일 결혼식 사회를 보고 저녁 늦게 돌아오니 같이 있는 시간이 줄어들어 더 소중하게 시간을 보내고 주일에 함께 예배를 드린 후 신랑은 부대에 복귀했다.

그 후에 나는 생리가 멈추고 속이 불편해 오기 시작해 신랑과 함께 산부인과에 갔고 축퉁이 심장 소리를 들었다. 처음 심장 소리를 들으면서 나는 기쁘면서도 두렵기도 했다. 먼저 왔던 작은 천사처럼 되지 않게 하려고 더욱더 조심했다. 그때 교장 선생님의 충고대로 초음파 사진을 공유하지도 않앉고 안정기에 들어설 때까지 아무에게도 연락하지 않고 조심하고 있었다.

안정기에 들어서고 배가 나오기 시작하자 가족들과 친척들, 지인들에게 알리기 시작했다. 그리고 태명을 지어 주었다.

"태명은 뭐가 좋을까?"
"복덩이? 축복이?"

그때 CCM 〈축복의 통로〉가 들려오고 있었다. "나를 축복의 통로가 되게 하소서, 나로 인하여 모든 민족이 우리를 향한 하나님의 계획하신 축복을 누리게 하소서"

"그래! 축통이 하자! 축복의 통로! 우리 그렇게 키우자!"

그때부터 우리 축통이는 날마다 뱃속에서 무럭무럭 자라났고 태동이 시작되면 어찌나 많이 움직이던지 배가 꿀렁꿀렁하여 뱃속에서부터 날마다 앞구르기, 수영, 발차기한다며 좋아했다. 특히 밤 10시가 되면 더 심하게 운동을 해서 10시에 운동하는 축통이, 열축통이 되었다.

그때 신랑은 전역을 앞두고 이삿짐 차를 부르지 않기 위해 짐을 하나씩 옮겨야 했고, 축통이 태어날 것을 준비하기 위해 우리는 좀 더 큰 집을 알아보기로 했다. 축통이가 맘껏 놀 수 있게 거실이 넓은 빌라를 전세로 들어가기로 했다. 교직 첫해 담임했던 학생의 어머니가 부동산을 하셔서 집을 알아봐 주셨는데 4층 빌라 건물에 2층이 나왔다는 이야기를 듣고 신랑이랑 같이 갔다. 저녁에 갔더니 집주인들은 어둡고 침침하게 집을 해 놓고 부부 싸움을 했나 싶을 정도로 표정이 안 좋았다. 수납공간은 없었지만, 방이 3개고 거실이 넓어서 방 하나는 수납하는 방으로 하자고 하고 계약을 했다.

　나중에 신랑의 죽음으로 갑작스럽게 집을 정리하게 되었을 때, 집을 소개해 준 어머니께서 자기가 안 좋은 집을 소개해 줬다며 많이 미안해하셨다. 그 집 때문이 아니니 너무 미안해하지 마시고 마음 편히 가지셨으면 좋겠다.

　드디어 신혼살림을 샀다. 함께 잘 넓은 침대, 같이 책을 읽고 음악을 들을 소파, 맛있고 건강한 요리를 할 냉장고, 오순도순 이야기꽃이 필 식탁 등등 이사 갈 집에 물건이 하나씩 배달될 때마다 설레는 마음으로 집을 채워 나갔다. 그리고 내가 살던 살림과 신랑이 부대에서 가져온 살림이 다 채워진 날 우리는 함께 살기 시작했다. 그리고 그다음 해 3월 신랑은 15년의 군 생활을 마감하고 전역을 한 후 민간인이 되었다.

　학교 방과 후 수업으로 첼로가 있어서 축통이의 태교를 위해 배우기 시작했다. 시댁에 사용하지 않는 첼로가 있어서 가져와 방과 후 수업 학생들 틈에 끼어 배우기로 했다. 태교에 첼로 소리가 좋다는 것을 책으로 읽었기 때문이었다. 축통이가 신을 양말도 손바느질로 만들고, 태교와 관련된 모든 책을 읽고 또 읽었다. 밤마다 불러오는 배에 손을 얹고 축복 기도를 하는 신랑을 보며 아빠 닮은 축통이를 얼른 만나길 기도했다.

　출산휴가에 들어가기 전 작년 담임 반 아이들이 나를 운동장으로 부르더니 건강하게 출산하라고 플래시몹을 해 주어 기쁜 마음으로 출산휴가를 맞이했다. 내가 출산하기 전 집에 있을 때, 학교를 옮기고 처음으로 담임한 아이들이 고등학생이 되어 단체로 찾아왔는데 신랑이 손수 요리를 해서 아이들과 행복한 시간을 보냈다.

예정일이 되었는데도 축통이는 세상에 나올 생각을 안 해서 신랑과 산책 대신 동네 가까운 산으로 등산하러 다니기로 했다. 그렇게 일주일이 지난 어느 날 새벽에 뭔가 나온 것 같아 신랑에게 말을 하니 신랑이 바로 병원에 전화했다. 병원에서 양수가 새는 것 같으니 내일 12시까지 병원으로 오라고 해서 입원 준비를 하고 새벽을 보내며 아침이 오기를 기다렸다. 친정엄마가 와 계셨기 때문에 셋이서 병원에 들어갔고 가족 분만실로 향했다. 관장을 하고 분만 준비를 했다. 아이를 처음 낳아 보니 관장을 해야 한다는 것도 그때 알았고, 모든 것이 낯설고 떨렸다. 난 나이가 많은 산모이기 때문에 걱정이 되어 축통이 임신 소식을 알 때부터 하나님의 섭리에 맞게 자연 분만하게 해 달라고 기도문을 작성해 놓고 기도를 했다. 저녁이 되니 통증이 시작되었다. 통증이 오면 배웠던 방법으로 호흡을 하고 통증이 멈추면 찬양하고를 반복하고 있었는데 의사 선생님이 아이의 머리가 너무 크다며 제왕절개를 권유하셨다. 난 무조건 자연분만을 하겠다고 우겼고, 그런 실랑이를 간호사님과도 여러 번 했다. 처음에 자궁이 3cm 열렸다고 하시길래 무슨 말인지 몰라 기다리는데 갑자기 무통 주사가 생각이 났다. "선생님! 전 무통 주사 안 주시나요?"하고 물었더니 자궁이 많이 열려 줄 수 없다고 하셨다. 무슨 뜻인지 알지 못한 나는 '제왕절개를 안 하니 심통이 나셨나.'라고 생각했다.

통증이 심해져 내가 배웠던 호흡을 잊고 힘들어할 때 친정엄마는 이렇게 외치셨다.

"배 쨋시요! 배 쨋시요! 어떻게 살려 논 딸인디 애 낳다 죽겄소!"

그럼 난 아픈 만큼 소리를 질렀다.

"하나님의 섭리대로 자연분만할 거예요!"

신랑은 내 손을 꼭 잡고 찬양을 부르고 있는 코미디 같은 상황이 벌어졌다. 신랑이 엄마를 분만실 밖으로 보냈는데 엄마는 밖에서도 "배 쨋시오!"를 외치시다, 기도하시기를 반복하셨다. 내 고집에 자연분만을 선택했으나 축통이 머리가 너무 커서 회음부를 많이 자르고 열축통이 이름대로 밤 10시에 태어났다. 아빠가 탯줄을 자르고 태어나자마자 엄마 품에 안겼고 아빠의 축복 기도와 외할머니의 축복 기도를 받았다.

그날 밤늦게 이모, 이모부가 축하해 주려고 오셨다. 너무 늦은 시간이라 피곤한데도 와 주셨고 다음 날은 시댁 식구, 친정 식구들이 오셔서 축통이를 위해 기도해 주셨다. 이렇게 사랑받는 아이가 이 세상에 태어난 것이다.

하지만 문제가 생겼다. 산후조리원으로 옮긴 후로 계속되는 설사로 축통이에게 모유 수유를 못 하게 되었고, 심하게 찾아온 두통으로 뇌종양 방사선 치료를 했던 삼성병원 응급실을 가게 되었다. 이제 출산한 산모가 응급실에서 떨면 안 된다고 신랑은 병원 관계자에게 말을 해서 침대 시트를 얻어와 주었다. 다행히 뇌종양 때문이 아니어서 다시 산후조리원으로 돌아왔으나 3일 동안 모유 수유를 하지 못해 모유가 잘 나오질 않았다. 축통이에겐 미안해서 더 많이 젖을 주려고 했지만 나오지 않는 젖을 물고 있는 축통이가 안쓰러웠다.

산후조리원에서 나와 이제 우리 세 식구는 집으로 왔다. 축통이는 할머니가 손수 만들어 주신 이불과 고모가 사 주신 모빌이 보이고 동물 스티커가 붙여진 벽이 있는 엄마, 아빠 침대 밑에 자리 잡았다.

김남조의 「너를 위하여」라는 시의 구절 중에 이런 부분이 있다.

"이미 준 것은 잊어버리고
못다 준 사랑만을 기억하리라 나의 사람아"

엄마가 되면 이렇게 되나 보다. 아무리 힘들어도 소중한 것은 무엇이나 다 주고 싶고 마음. 축통이가 왜 우는지 이유를 몰라 밤새 잠을 못 자고, 젖이 안 나와 힘들게 젖을 짜고 유방에 통증이 있어 열이 나도 축통이가 한번 웃어 주면 너무 행복하고, 응가 한번 했다고 환호하고, 몸을 뒤집었다고 온 동네방네 소문을 내고, 데리고 나갔다가 예쁘다는 소리 들으면 세상을 다 얻은 기분을 선물해 주는, 그리고 못다 준 사랑만이 아쉬운 내 사람.
축통이가 이렇게 우리 가족에게 선물로 찾아와 줬다. 기적처럼.

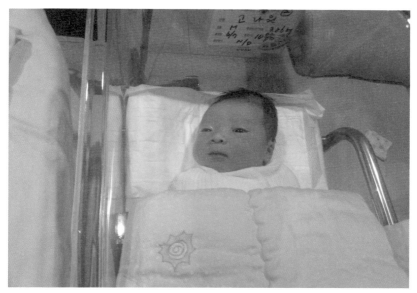

은우 신생아실

세 식구 함께 한 행복한 4개월

"감사는 과거를 이해하게 하고,
오늘에 평안을 가져오며, 내일을 위한 비전을 창조합니다."

– 멜로디 비티

축통이가 은우라는 이름을 가지고 산후조리원에서 나와서 집에 왔다. 신랑과 나는 산후조리원에서 어떤 이름이 좋을까 고민을 많이 했는데 태명인 축통(축복의 통로)이 의미를 잘 살려보자고 했다.

"화평할 은(誾), 복 우(禑)."
'많은 복을 받아 화평케 되어 많은 사람에게 축복의 통로가 되어라.'라는 의미가 담겨 있게 은우로 결정이 되었다.

집에 와서는 육아의 모든 것이 낯설고 두려웠다. 모유를 먹이고 싶은데 모유가 잘 나오지 않았고, 응가를 하면 기저귀를 갈아 줘야 하고, 목욕을 시켜야 하는 것 모두가 무서웠다. 이때 신랑은 옆에서 든든하게 나와 은우를 지켜 주었다.

"신랑, 은우 똥 쌌어~!"
"은우 아빠 바로 갑니다!"

신랑은 능숙하게 기저귀를 교체해 주었다.

은우를 목욕시킬 때도 내가 떨어뜨릴까 봐 무섭다고 하니 혼자서 도맡아 은우의 목욕을 시켜 주었다. 신랑은 집에서 공부하면서 나의 육아를 도운 것이 아니라 육아를 거의 전담했다.

은우의 목욕이 끝나면 나의 기도와 함께 마사지가 시작된다.

"눈썹 나라고 꾹꾹꾹(눈썹을 눌러 주며), 오똑한 코 꼭꼭꼭(코를 눌러 주며), 윗 잇몸 튼튼 아랫잇몸 튼튼(잇몸을 눌러 주며) 스마일, 스마일, 스마일(입꼬리를 올 려 주며)"

육아하면서 나의 육아송은 하나씩 늘어났다. 육아송을 만들어 부르면 신 랑은 너무나 좋아하며 사랑스러운 눈으로 나를 처다보았다.

축통송: 건강하고 지혜롭고 정의로우며 긍휼을 알고 하나님과 함께하는 겸 손을 아는 축복의 통로 류은우!

효자송: 우리 은우는 효자죠. 엄마 쭈쭈도 잘 먹고, 잠도 잘 자고 잘 놀아요.

가족송: 엄마가 사랑하는 류은우, 엄마를 사랑하는 류은우, 우리는 사랑하는 가족입니다. 은우네 가족입니다.

비데송: 엄마 손 비데, 엄마 손 비데, 엄마 손은 비데지요. 하나님이 기뻐하시는 자리에 앉을 은우 엉덩이!

쭈쭈송: 엄마 쭈쭈는 맛있어요. 얼마나 맛있느냐면은요. 날마다 먹어도 질리지 않아요. 엄마 쭈쭈 최고야.

악보

지면이라 노래를 부를 수 없는 것이 안타깝지만 지금도 은우는 이 노래를 불러주면 자기만 아는 자기 노래라고 정말 좋아하면서 불러달라고 한다.

신랑이 전역 후 2박 3일 훈련을 가야 할 때가 있었다. 그때를 대비하여 목욕 연습을 하면서 예전에 책에서 봤던 유대인들의 아기 목욕 기도문이 생각났다. 은우를 떨어뜨릴까 봐 무서워하면서도 저 기도문을 하나하나 읊으면서 아이를 씻기니 신랑이 은우의 사진을 넣어 1번부터 10번까지 열 장으로 코팅을 해서 욕실에 붙여 주었다. 그러면서 이런 기도하는 엄마가 있어 은우는 잘 클 것이라며 자신이 장가를 잘 들었다고 했다.

유대인들의 「아기 목욕 기도문」

1. 머리를 감기면서
은우의 머릿속이 주님을 경외하는 것으로 가득 차게 하옵소서.
(지혜와 지식이 가득한 머리가 되게 하옵소서.)

2. 얼굴을 씻어 주면서
은우의 얼굴은 하늘을 바라보며 하늘의 소망을 갖고 자라게 하옵소서.

3. 입안을 씻어 주면서
은우의 입에서 나오는 모든 말은 복음의 말과 감사의 말이 되게 하옵소서.

4. 손을 닦아 주면서
은우의 손은 기도하는 손이요, 사람을 칭찬하는 손이 되게 하옵소서.

5. 가슴을 닦아 주면서

은우의 가슴에는 나라와 민족을 사랑하는 마음을 주옵소서.

6. 배를 씻어 주면서

은우의 몸속에 있는 모든 기관 오장육부는 튼튼하고 건강하게 하옵소서.

7. 생식기를 씻어 주면서

결혼하는 날까지 순결을 지켜 하나님이 원하는 가정을 이루고 축복의 자녀를 준비하게 하옵소서.

8. 다리를 씻어 주면서

은우의 다리가 부지런한 다리가 되어서 온 나라와 민족에 복음을 증거하는 전도자의 걸음으로 인도하옵소서.

9. 엉덩이를 씻어 주면서

은우의 엉덩이가 교만한 자리에 앉지 않게 하시고, 하나님이 원하는 자리에 앉게 하옵소서.

(앉는 자리마다 복된 자리 되게 하옵소서.)

10. 등허리를 씻어 주면서

은우가 보이는 부모를 의지하지 않고, 보이지 않는 하나님을 의지하게 하옵소서.

은우가 태어난 지 50일이 되었을 때 기념촬영을 하러 갔다. 꼬물꼬물 작은 은우를 데리고 이 옷 저 옷 입혀 보며 사진을 찍고 왔다. 엄마의 욕심으로 멜빵바지를 입혔는데 맨살에 닿은 철로 된 단추가 차가웠던지 불편해해서 벗겨 줬더니 싱글벙글하였다. 천사 같은 모습으로 사진을 찍었는데 엄마, 아빠와 은우가 같이 찍은 유일한 가족사진이다.

은우의 예쁜 손과 발을 남겨두고 싶었다. 신랑에게 부탁하니 신랑이 석고로 은우의 손발 모형을 뜨기로 했다. 석고가 차가웠던지 은우가 깜짝 놀랐다. 친정엄마랑 셋이서 은우를 달래가며 겨우 완성하고 황금색을 칠해서 황금손을 만들었다. 하지만 은우가 놀란다는 친정엄마의 충고로 발은 포기했다.

은우 백일이 다가오고 있었다. 근사한 파티는 못 해도 가족끼리 식사는 하기로 했다. 하지만 뭔가 아쉬움이 남을 것 같아 셀프 백일상 업체에 전화했는데 예약이 다 끝났다고 했다. 주말이라 택배도 안 될 것 같아 퀵서비스로 받아서 신랑이 부랴부랴 백일상을 차렸다. 과일과 떡과 케이크와 성경책, 장난감, 은우 사진 등등 3단으로 신랑이 만들었다. 은우를 상 맨 위에 앉혀놓고 사진을 찍고 이모할머니, 이모할아버지가 오셔서 같이 저녁을 먹고 축하해 주셨다. 그냥 넘어갔으면 신랑이 참 서운해할 날이었다. 첫 번째 생일부터 아빠는 함께 할 수가 없었으니 이렇게 백일상을 꼭 차려 주고 싶었나 보다.

백일 사진

매일, 새로운 날들이 시작됩니다

이런 사람 또 없습니다

"당신이 행한 봉사에 대해서는 말을 아끼라.
허나 당신이 받았던 호의들에 관해서는 이야기하라."

― 세네카

신랑 유품을 정리하다가 플래너를 발견했다. 그리고 비전 칸에 쓰여 있는 문장을 보았다.

"평생 고나원을 행복하게 해 준다."

그렇다. 신랑은 비전대로 살다 갔다. 내 평생이 아니라 신랑 평생을 살면서 정말 고나원을 행복하게 해 주고 천국에 갔다.

신랑은 언제나 차를 타기 전에 내가 탈 쪽 차 문을 열어 주는 매너 있는 남자였다. 심지어 내가 탈 자리에 있는 거울은 다른 사람들이 사용하더라도 내 것이라고 조심히 사용하라고 할 정도였다. 길거리를 걷더라도 신랑은 꼭 차도 쪽으로 걷고 나를 인도 쪽으로 걷게 했다. 계단을 걸을 때면 시력이 좋지 않아 높낮이 구분이 어려운 나를 위해 손을 꼭 잡고 계단이 몇 cm 차이라고 말해 준 자상한 남자였다.

내가 목욕을 하고 있으면 신랑이 들어와 내가 힘들다며 가만히 서 있으라고 하고 머리부터 발끝까지 목욕을 시켜줬다. 난 신랑 앞에서는 아무런 부끄러움도 없는 아이가 되었다.

신랑은 내가 머리를 감고 나오면 항상 머리를 직접 말려 줬다. 난 머리 손질을 잘못해 대충 말리는데 어느 날 신랑이 머리를 말려 줬다. 그런데 드라이한 것처럼 너무 맘에 든다고 했더니 그 후론 신랑이 항상 머리를 말려 주었다.

신랑은 날마다 보는 내 손을 보면서 볼수록 예쁘다고 항상 손등에 뽀뽀해 주었다. 피아노 치는 손, 기타 치는 손, 책 읽는 손, 자판 두드리는 손, 어떤 손 할 것 없이 사랑스럽다고 했다. 가끔 발을 보면서도 예쁘다고 뽀뽀를 해서 내가 지저분하다고 하지 말라고 하면 내 것은 지저분한 것이 하나도 없고 다 사랑스럽다며 웃었다.

샤워하고 나오는 신랑은 항상 욕실의 물기를 깨끗하게 닦고 나온다. 어느 날 왜 그러냐고 물었더니 내가 미끄러질까 걱정이 돼서라고 했다. 그만큼 나를 아끼던 사람이었다.

고등학생 때부터 아파서 여행을 못 해 본 나에게 남보다 볼 것이 더 많아 좋겠다며 여기저기 전국을 데리고 다니던 신랑은 여행을 갈 때면 나의 전속 사진사가 되어서 자기 구경하는 것보다 내 사진 찍는 일을 더 좋아했다.

키 크고 예쁜 색시와 함께 다니니 어깨가 으쓱해진다고 했다. 사실 난 한쪽 눈도 찌그러져 있고 꾸밀지도 몰라서 항상 움츠러져 있었는데 신랑의 말에 힘을 얻곤 했다.

내가 영어로 된 소설을 읽고 신랑에게 이야기를 해 주면 너무나 재밌다면서 빨리 읽고 다음 이야기를 해 달라고 책 읽는 내 얼굴만 쳐다보고 있었다. 신랑이 공부 때문에 드라마를 못 봐서 내가 본 내용을 밥 먹을 때 이야기해 주면 직접 드라마를 보는 것보다 더 재밌다고 해 주었다.

고개를 베개에 대면 3초 후에 잠이 드는 신랑이 어느 날 잠을 안 자고 참고 있길래 이유를 물으니 코 고는 소리 때문에 내가 잠을 못 잘까 봐 내가 잠든 후에 자려고 기다린다고 하였다. 물론 나보다 먼저 잠이 들지만, 마음이 너무 감사했다.

신랑은 팔베개를 정말 잘해 주었는데 내가 팔 안 아프냐고 물어보면 신기하게도 나를 팔베개 해 주면 팔이 하나도 안 아프다면서 밤새 팔베개를 해 주었다.

신랑은 내가 해 준 음식은 항상 맛있게 잘 먹었고 너무 맛있다면서 음식을 어쩜 그렇게 빨리하면서 맛있게 하냐고 칭찬 일색이었다. 요리 잘하는 신랑은 식혜, 수정과, 도넛, 전, 튀김 등 복잡한 요리도 나랑 하면 재밌다고 좋아했었다.

내 피부가 스테로이드 부작용으로 울긋불긋 반점이 많이 생겼을 때도 예쁘다고 해 주고, 찌그러진 눈도 예쁘다고 하길래 어느 날 내가 물었다.

"너는 왜 눈도 찌그러진 나를 예쁘다고 해?"

"선물 포장이 찌그러졌다고 선물을 싫어하는 사람은 없어. 넌 나에게 보내신 하나님의 선물이거든."

나는 신랑에게 이렇게 소중한 사람이었고, 신랑도 나에겐 없어서는 안 될 사람이었다. 뇌종양으로 오스트리아에서 수술하고 너무 외롭고 힘들 때 국제 전화로 위로해 주었고, 재생 불량성 빈혈로 무균실에 있을 때도 신랑은 금요일 근무가 끝나면 강원도에서 헌혈증을 들고 병원에 와서 나를 간호하고 주일날 강원도로 갔었다. 그 피곤한 길을 힘들다는 소리 한번 하지 않고 병원에 와서는 항상 좋아질 거라고 응원해 주었다.

신랑은 내가 월급쟁이 교사가 아니라 학생을 키워 내는 교사라서 자랑스러워했다. 학생들이 집에 놀러 오면 손수 음식을 요리해 주고, 졸업한 제자들이 연락만 해도 신랑은 무척 뿌듯해했다. 내가 학급운영 사례 발표를 하러 가거나 협동학습 강의를 하러 갈 때면 신랑이 직접 운전해서 그 학교까지 데려다주고 강의가 끝날 때까지 기다렸다.

신랑이 눈만 마주쳐도 사랑한다고 해서 하루는 너무 많이 하면 진정성이 안 느껴지고 가끔 해 줘야 감동한다고 했더니 사랑하는 사람에겐 사랑한다고 말을 자주 해야 한다고 하였다. 틈만 나면 뽀뽀를 해 뽀뽀 대장이라고 별명을 붙여 주었는데 그것이 평생 할 것을 다 하는 것이었다는 것을 이제야 알게 되었다.

어떻게 자신의 비전을 평생 고나원을 행복하게 해 주겠다고 생각했는지 지금도 의아하다. 하지만 난 참 행복한 사람이라는 생각이 들었다. 나를 행복하게 해 주려고 태어난 사람이 있었다는 것이.

『딸딸 외우고픈 감동영어 101』의 〈사랑의 힘〉이란 제목 편에 화가 빈센트 반고흐가 말한 내용을 보면 어떻게 내가 살아 있고 은우가 태어났는지 알 수 있을 것 같다. 그 진정한 사랑의 힘이 기적을 만들었고 더 많은 일을 만들기 위해 은우를 나에게 주고 갔다.

Love many things, For there in lies the true strength.

What is done in love is done well.

(될 수 있는 한 많은 것들을 사랑하라.

사랑에는 진정한 힘이 깃들어 있으므로

사랑과 함께하는 일은 어떤 일이든지 잘 되게 마련이다.)

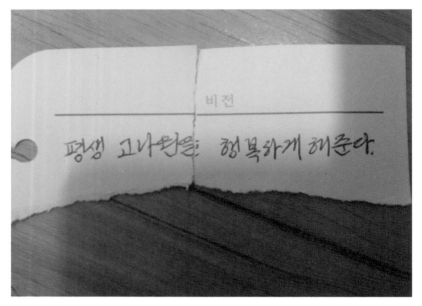

신랑의 비전

매일, 새로운 날들이 시작됩니다

2장

아무리 아파도,
꿈은 포기하지 않아!

오른쪽 머리가 너무 아파

"삶을 바꾸기 위해 할 수 있는 일 중 한 가지는 가진 것에 감사하는 것이다."

- 오프라 윈프리

나는 초등학교 2학년 때 『헬렌 켈러』를 읽고 위인 헬렌 켈러가 아닌 그 위인을 가르친 설리번 선생님이 궁금해졌다. 설리번 선생님은 어떻게 보이지도 않고, 들리지도 않고, 말도 못 하는 헬렌 켈러를 훌륭한 위인으로 만들었을까. 방법이 뭘까? '나도 그런 사람이 되면 어떨까.'라는 막연한 생각을 키우던 그때쯤 언니가 우리 동네 고등학교로 교생실습을 왔다. 언니는 도시에서 사범대학교를 다니고 있어서 보기 힘들었는데 한 달 동안 언니랑 살 수 있어 너무 좋았다. 그러던 중 스승의 날이 되니 언니가 선물과 편지, 꽃다발을 많이 받아오는 것이었다. '선생님이 되면 저런 것도 받을 수 있구나!'라는 어린아이의 생각으로 그때부터 선생님이 되고 싶은 꿈을 품었다.

나는 중학교를 시골에서 졸업하고 고등학교는 도시로 나가게 되었다. 평준화 지역이어서 추첨제로 선택된 고등학교는 기독교 재단의 미션스쿨이었다. 시골에서 올라가 도시가 낯선 나는 기가 죽을 수도 있겠지만 한 반에는 여러 시골 출신들이 있어서 마음이 편했다. 나는 고3인 오빠랑 자취하는데 오빠를 배려하여 오빠 학교 쪽에 집을 얻었고, 주인집 바로 옆에 방이 두 개 달린 자취방이었다. 우리 집 바로 앞엔 특성화 고등학교에 다니는 친구와 오빠가 자취하고 있었고, 오른쪽에는 세 들어 살면서 슈퍼를 운영하는 가족이 살고 있었다. 나는 아침에 일어나 도시락 네 개를 준비했다. 오빠 것 두 개, 내 것 두 개, 반찬은 한 달간 똑같았다. 엄마가 한 달에 한 번씩 가져다주시는 반찬을 잘 분배해서 한 달 동안 먹었기 때문이다. 공동화장실을 사용했는데 쥐들이 왔다 갔다 했고 아침엔 줄을 서야 했다. 어떤 날은 집안의 물을 받아놓은 통에 생쥐가 빠져 죽어 있기도 했다. 주말이면 빨래를 하고 콧노래를 부르고 있으면 앞집 친구도 같이 빨래를 하고 있어 둘이 보면서 웃기도 했다. 오빠를 둔 여동생들의 운명이라 생각했었다.

그러던 어느 날 밤 야간 자율학습을 마치고 집으로 가는 골목을 올라오는데 어떤 남자가 내 뒤를 따라와 무서워서 발걸음을 재촉했다. 그런데 그냥 내 앞을 지나 다른 골목으로 들어가길래 괜히 걱정했나 싶어 마음을 놓았다. 다시 집으로 향하는데 그 사람이 다시 골목길에서 나와 뒤에서 내 가방을 낚아채려고 했다. 뒤로 맨 가방의 손잡이가 잡혔다는 느낌이 들자 난 놀라서 뒤도 돌아보지 않고 힘껏 집으로 달려갔고 오빠가 하교하고 올 때까지 무서워서 울고 있었다. 너무 놀라서 울고만 있는 나를 보고 오빠가 이유를 물었다. 어떤 남자가 내 가방을 잡아 끌어당겼다고 하니 오빠가 호루라기를 찾아서 위험한 순간에 불라고 내 가방에 걸어 주었다. 그때부터 난 호루라기 소녀가 되었다. 그 일이 있고 다음 주일에 오빠가 교회 가서 사건 이야기를 하니 교회 고등부 2학년 오빠들이 순번을 정해 내가 안정될 때까지 버스 정류장에서 나를 기다려 주었다. 집에까지 데려다주려고 기다리던 오빠들에게 빵, 우유 등 많이도 얻어먹었다.

학교가 미션스쿨이었는데 어려서부터 신앙생활을 하는 내가 학급의 신앙 부장을 맡게 되었다. 동아리도 S.F.C(Student For Christ)에 들어가 예배 준비를 돕고 전도 활동을 하였다. 그런데 학교 선생님 중에 한 분이 학생들을 모아서 성경 공부를 했는데 성경 공부 내용이 이상하다는 이야기가 있었다. 알고 보니 이단 선생님이었다. 난 학교 재단이 이해가 안 되었다. 이런 선생님이 학교에서 근무하는 것도 이해가 안 되었고 학생들을 이단으로 끌어들이는 선생님도 이해하기 힘들었다. 난 신앙 부장으로서 책임감을 느끼고 있던 때에 우리 반에 장로님 딸이 그 선생님과 자주 성경 공부를 하더니 끝내 이단으로 갔다. 난 엄청난 스트레스와 충격을 받았다.

오빠가 대학교로 진학하면서 자취방도 옮기게 되었다. 방 두 개에 길쭉한 통로 형식으로 부엌과 수도시설이 있는 집이었다. 화장실은 여전히 공용이었지만 다행히 쥐는 나오지 않았다. 이제 도시락을 내 것만 두 개 챙기면 되었다. 하지만 오빠가 대학생이 되면서 오빠랑 실랑이가 시작되었다. 실랑이의 주제는 바로 용돈이었다. 엄마가 한 달 용돈으로 5만 원을 주시고 가시면 난 오빠에게 3만 원만 받은 척했다. 하지만 오빠는 어떻게 알았는지 돈을 더 달라고 했다. 난 돈을 아끼기 위해 버스 두 정거장을 걸어 다

넜는데 오빠는 돈을 막 쓴다고 생각했기에 오빠가 돈을 쓰는 것이 신경이 쓰였다. 지금 생각하면 대학교 1학년이 친구들 만나서 돈 쓸 일이 많은데 그때 난 돈을 아껴 쓰는 것이 엄마를 돕는 일이라고 생각하고 오빠를 이해 못 했다.

가끔 오빠가 교회 친구를 데리고 와서 우리 집에서 잤다. 그러면 문 사이로 들리는 오빠들의 이야기를 귀 쫑긋하며 듣고 있었다. 어느 날은 내가 짝 사랑하던 오빠가 교회에 다른 언니를 좋아한다는 이야기를 듣고 '나는 고백도 못 했는데….' 하며 실망한 적도 있었다. 그 오빠는 대학교 졸업 후 그 언니와 결혼해서 지금 행복하게 살고 있다고 한다.

학교에 다니면서 가끔 두통이 생겼다. 그럼 진통제를 먹고 괜찮으면 다시 일상생활을 하였다. 그러다 두통의 횟수가 잦아져서 근처 병원에 가서 진료를 받고 약을 처방받아 먹었지만 호전되지 않았다. 오른쪽 머리가 아프기 시작하면 구토가 시작되고 아무것도 할 수가 없었다. 먹을 수도 없었고 잠을 잘 수도 없었다. 통증과 싸움은 나를 피폐하게 만들었다. 사실 엄마가 걱정하실까 봐 내가 병원 다닌다는 이야기를 하지 않았고, 오빠도 대학 생활을 즐기느라 나의 상황을 잘 인지하지 못했다. 학교에서 내가 자주 아프니 엄마에게 전화해야겠다고 하셔서 엄마에게 알려지게 되었고, 엄마가 오빠에게 나를 데리고 큰 병원 가서 뇌 사진을 찍어 보라고 하셨다.

지금도 기억 나는 그날은 비가 엄청 오는 여름날이었다. 우산을 썼으나 여름 교복인 남색 플레어스커트가 비에 다 젖어 무거워질 정도였다. 버스를 타고 오빠랑 전남대학교병원에 가서 MRI 촬영을 하고 결과를 기다렸다. 하지만 결과는 아무 이상이 없다는 것이었다. 나는 너무 아픈데 원인을 모른다고 하니 답답했다.

내가 빨래를 하지 못해 빨랫감이 빨래통에 쌓여 가고, 먹지 못해 힘도 없는 상태라 등교를 못 하게 되었다. 다시 담임 선생님이 엄마에게 연락하였고 엄마는 광주에 올라와서 나의 상황을 보시고 휴학을 결정하셨다.

엄마는 그날을 회상하시면 지금도 눈물이 나신다고 한다. 나의 상황을 보고 휴학계를 제출하고 나의 사물함을 정리하러 학급에 가셨단다. 하지만 수업 중이어서 들어가지 못하고 밖에서 기다리시는데 '다른 얘들은 다 저렇게 공부를 하고 있는데 우리 미화는 공부를 못 하고 짐을 챙기네.'라는 마음이 들어 눈물이 하염없이 나왔다고 한다. 쉬는 시간 종이 치자 엄마는 교실에 들어가 사물함을 챙겨오셨다. 사실 사물함 안에 있는 책만 챙기셔야 하는데 사물함을 통째로 보자기에 싸서 가지고 오셨다. 자취방에 도착해서 엄마는 나를 위한 위로였는지 엄마를 위한 위로였는지 모를 말을 하셨다.

"괜찮다! 나으면 다시 가서 공부할 수 있다!"

이렇게 나는 휴학생이자 환자가 되었다. 그리고 그날 이후 난 기나긴 투병 생활을 시작하게 되었다. 결론은 이 투병으로 인해 신랑을 만났고 은우가 태어난 것이다. 이것이 하나님의 큰 그림이었고 계획이었으리라.

전국을 누비는 병원 생활

*"꿈을 향해 대담하게 나아가고 상상한 삶을 살기 위해 노력하면
평범한 시기에 뜻밖의 성공을 접하게 될 것이다."*

– 헨리 데이비드 소로

    일단 휴학을 하고 자취방에서 나와, 시골집으로 갔다. 엄마는 대학병원에서 아무 이상이 없다는데 방법이 없다고 생각해서 시골집에서 다시 어떤 치료를 할까 계획을 세워야 했을 것이다. 또한, 엄마는 생계를 위해 슈퍼도 운영하셨어야 했다.

    이제 동네에는 슈퍼 집 딸이 아파서 휴학했다는 소문이 퍼져나가기 시작했고 괜찮냐고 물으러 오시는 교회 집사님, 권사님들, 친척분들로 쉴 수가 없었다. 사실 우리 동네에 머리가 엄청 좋아 서울대학교에 간 언니가 정신이 이상해져 내려와 있었던 적이 있어서 나도 공부 잘하던 딸이 공부를 너무 많이 해 머리가 아픈 것으로 소문이 났었다. 오시는 분마다 이런 약이 좋다더라, 어디 병원이 좋다더라 등 알고 있는 각양각색의 정보들을 들고 병문안을 오셨다. 물론 나를 위해 하시는 정보들이지만 이 정보들로 난 더

힘들었다.

내가 집에서 두통을 견딜 수 있게 하는 것은 진통제뿐이었다. 머리가 아플 때면 유일하게 의지할 수 있는 것은 진통제였고 그것도 먹다 보니 하루에 24알을 먹고 있었다. 동네 약국 할아버지(약사 면허는 없지만, 동네 약국을 오랫동안 운영하셔서 경험이 실력이시다.)는 나에게 다양한 진통제를 소개해 주셨다. 이때쯤 난 게보린, 사리돈, 뇌선 이런 흔한 진통제는 내성이 생겼는지 효과가 없었다.

낮에는 장사하시는 엄마가 걱정하실까 봐 상태가 괜찮을 때 밖을 걸어다녔다. 갈 곳은 조용한 교회였고 피아노도 치고 찬양도 불렀다. 찬양을 부르고 있으면 주변에서 오케스트라 소리가 들려 뒤를 돌아보면 아무도 없었다. 이제 환청도 들리나 싶어 다시 찬양하면 주변에 울리는 아름다운 화음이 귀에 들려 편안함을 얻었다. 아마 천사들의 성가대가 내 찬양을 도와준 것이라 생각을 했다. 그러다 다시 동네 둑길을 걷기도 하였다. 동네 사람들 눈에 띄면 불쌍한 눈빛, 이상한 눈빛으로 보는 것 같아 잽싸게 다시 집으로 돌아왔다. 낮에는 그래도 견딜 수 있었지만, 밤만 되면 통증은 더 심해졌다. 한밤중에 쿵~쿵~ 울리는 소리가 들렸다. 그것은 내가 내 머리를 벽에 찧는 소리였다. 머리가 너무 아프면 벽에 머리를 찧는 것이 심지어 덜 아팠다. 또한, 난 아픈데 엄마가 코를 골고 자면 어찌나 주무시는 엄마가 야속하게 느껴지던지…. 지금 생각하면 엄마는 내일 일어나 새벽시장에 가서 팔 물건을 가져오셔야 했는데 내가 나 아픈 것만 생각했던 것 같다.

다시 시작하는 치료로 읍내에 있는 병원에 갔다. 아빠가 그곳에서 췌장

암 진단을 받았다는 오래된 병원이었다. 시골 사람들이 의지하는 병원이었기에 당연히 그곳에서 시작했고 약을 처방받았지만, 통증은 여전했다. 전남대학교병원에 가서 또 검사를 받았지만 역시나 아무 이상이 없다고 했다. 방법을 모르겠다고 다시 시골로 내려왔는데 나의 상태가 너무 안 좋아진 날 이번에는 동네에서 개인택시를 운영하시는 분의 택시를 타고 서울대학교병원으로 향했다. 서울대학교병원에서 가장 빨리 진료를 받을 방법은 응급실이라고 누군가 알려 주었다.

나는 누가 봐도 외상은 없지만, 상태가 이상한 환자였다. 축 늘어져 있고 초점 없는 눈에 계속 진통제를 찾는 환자. 응급실 바닥에 누워서 대기를 기다렸다. 피투성이가 되어 들어오는 사람, 아프다고 소리치는 사람들로 혼란한 응급실에서 내 차례가 되었다. "똑바로 걸어 보세요. 눈은 제 손가락을 따라오세요." 등 다양한 문진이 시작되고 입원 후 검사를 진행해 보기로 했다. 일단 병원에 왔다는 안도감과 우리나라에서 제일 좋은 병원이니 원인을 찾아 주겠지라는 희망으로 입원 생활을 시작했다. 하지만 결과는 그냥 편두통, 혈관성 편두통, 긴장성 편두통. 이렇게 말하나 저렇게 말하나 한쪽 머리가 아픈 것이다. 방법은 약 처방 해 줄 테니 잘 먹으라는 것이었다. 그리고 한 달에 한 번씩 약을 받으러 서울대학교병원으로 오라는 것이었다. '괜찮아지겠지. 약 잘 먹으면 좋아지겠지. 큰 병은 아니니까.' 하며 안도하고 퇴원하였다. 퇴원한 날 서울 이모 댁에서 퇴원 기념으로 밥을 먹고, 63빌딩도 가고, 남산도 가는 촌년 서울 구경을 하고 다시 약을 챙겨 시골집으로 내려갔다.

사람들은 계속해서 병문안을 왔고 머리에 좋다는 병원에 대한 정보는 끝없이 들어왔다. 그런 정보가 들어올 때마다 엄마는 나를 데리고 움직이셨다. 쌓여 가는 것은 계급장이 아닌 병원 진료카드였다. 전국에 있는 병원을 돌아다니며 새로 병원을 갈 때마다 만들어지는 병원 카드는 나의 병원 순례의 기록으로 남게 되었다.

그 와중에 머리만 아픈 것이 아니라 좌골신경통으로 다리와 엉덩이가 아프면 정형외과, 눈이 빠질 것같이 아프면 안과, 소화가 계속 안 되어 힘들면 내과, 이를 너무 물어서 아프면 치과 등을 다녔다. 여기저기 안 아픈 곳이 없었다. 이런 나를 보며 엄마는 이렇게 말씀하셨다.

"뻘개미가 열두 가지 빙을 앓다가 불알이 터져 죽는다더니 니가 딱 그러겄다."

그러던 중 생리가 멈췄다. 1년간 생리를 하지 않아 이번에는 서울 강남 성모병원으로 갔다. 분명 누군가의 추천이 있었을 것이다. 그리고 검사를 진행했는데 생리를 안 하는 것은 뇌하수체 호르몬에 문제가 있는 것이고 머리가 아픈 것은 해면정맥동염증이라는 진단을 받았다.

우와~! 드디어 편두통이 아닌 다른 진단명이 나왔다. '그럼 난 치료받으면 낫는 거겠지?'라는 희망을 품고 치료를 하였다. 해면정맥동이 어디에 있는지 뭐 하는 곳인지 알지는 못하지만, 아무튼 그곳을 치료하면 낫는다고 생각하니 희망이 생겼다. 의사 선생님이 제안한 치료법은 강력한 스테로이드제를 10일간 투여해서 염증이 없어지는지를 지켜보자는 것이었다.

통증이 없어질 수만 있다면 무엇이든지 좋았다. 하지만 치료 끝에 얻은 결과는 여전한 통증에 얼굴의 피부가 울긋불긋 오돌토돌해진 것 외에는 어떤 변화도 못 느꼈다. 그리고 그렇게 퇴원을 했다. 나는 이런 피부 상태로 누구를 만나는 것이 두려울 정도가 되었다. 이게 뭔가….

일일이 열거하기도 힘든 전국 병원 투어 끝에 남은 것은 엄마에겐 빚이고 나에겐 희망이 보이지 않는 좌절이었다.

"불행한 일을 끝까지 불행한 일로 내버려둘지 그 나쁜 일로부터 좋은 것을 이끌어 내보려고 노력할지 우리에게는 선택의 자유가 있습니다."

끔찍한 교통사고로 화상을 입었지만 밝게 살아가는 이지선 님의 『꽤 괜찮은 해피엔딩』에 나오는 내용처럼 엄마는 이 불행을 그냥 내버려두지 않았다. '이제 병원이 안 되면 다른 방법이 있을 것이다. 막내를 살려낼 방법이 분명 있을 것이다. 인간이 못하면 하나님은 하신다.' 생각하며 다음 선택으로 돌입하신다. 그것이 엄마의 사랑인 것 같다.

엄마의 마음에 비해 나는 할 수 있는 일이 없었다. 엄마가 데리고 다니는 대로 따라다니는 수밖에. 하지만 마음속에 하나의 꿈은 남아 있었다.

'난 선생님이 되고 싶다. 그리고 꼭 될 것이다.'

내가 할 수 있는 것은 공부였다. 공부해도 아프고 안 해도 아프다면 난 공부하는 것을 선택하겠다는 마음이었다. 그러면서 틈나는 대로 독서를 하고 영어단어를 외우고 정석을 풀었다. 이것만이 불행한 일을 불행한 일로 내버려두지 않고 희망의 끈을 놓지 않는 나의 의지였다.

증상은 머리 아픈 것 하나인데
여러 가지로 원인을 생각해 보고,
치료 방법을 다양하게 찾아봐도
해결 방법은 없었다.

그리고 나는
점점 피폐해져 가고 있었고
엄마도 지쳐가고 있었다.
물론 우리 집 재정 상황은
더 안 좋아져 가고 있었다.
하지만 마음속 희망 하나는
꺼지지 않고 있었다.

'난 선생님이 되고 싶어.'

치료될 때까지 뭐든 해 보자

◖

"희망은 좋은 소식이 나쁜 소식보다 우세한지 계산하는 데서
오는 것이 아니다. 희망이란 그저 행동하겠다는 선택이다."

– 안나 라페

여러 병원을 돌아다녀도 나의 통증은 한결같았다. 진통제로 통증을 달래
는 방법뿐이 없었고 기본이 12알, 많은 날은 24알을 먹으며 살아 나갔다.
그러다 집에 오는 분들이 두통을 잘 고치는 한의원을 추천해 주셨다. 그 추
천에 엄마는 또 움직이셨고 구례에 있는 한의원까지 가서 한약을 지어왔
다. 한 재, 두 재, 세 재……. 아홉 재까지 먹어도 아무 소용이 없었다. 엄마
는 이렇게 좋은 약을 많이 먹었으니 늙어서 아프지는 않을 것이라고 위로
해 주셨다.

통증을 잘 잡는다고 소문 난 한의원은 또 있었다. 그곳은 광양이었는데
그곳은 약이 아닌 침이었다. 버스 정류장에서 택시를 타고 신풍 침놓는 할
아버지 집으로 데려다 달라고 하니 데려다주실 정도로 유명한 곳이었다.

침을 맞기 위해 날마다 왔다 갔다 할 수가 없어 엄마와 나는 그 집 옆에 세 들어 살 방을 얻었다. 오전에 침 맞고 와서 진통제로 하루를 보내고 다음 날 또 침을 맞으러 가는 방식이었다. 지금 생각하면 그곳은 한의원이 아닌 무허가 침 집이었다. 사실 나는 하루에 하나씩 머리에 금침을 넣는 중이었다. 이곳은 암 환자들이 통증 없이 죽음을 맞이하기 위해 금침을 맞는 곳이라고 했다. 내가 통증이 너무 심해 힘들어하니 통증을 없앨 생각으로 시작한 금침이었다. 금침은 하루에 한두 개씩 내 머리 안으로 들어갔다. 그렇게 56개의 금침이 내 머릿속으로 들어갔다. 하지만 통증은 호전되지 않았고 엄마와 나는 다시 집으로 돌아왔다. 지금도 난 이 금침을 내 몸속에 지니고 있다. 뇌수술과 함께 그 금침은 머리가 아닌 몸속 어딘가를 돌아다니고 있다는 것을 알게 되었다. 그 사실을 뇌수술 전, 후의 MRI 촬영을 통해 알 수 있었다. 사실 어디를 어떻게 다니고 있는지 몰라 겁이 나기도 한다. 요즘엔 폐사진을 찍으면 갈고리 모양으로 휘어져 있는 금침이 폐에서 4~5개 보인다. 나머지 금침은 어디에 있을지 궁금하다.

　무허가가 아닌 전문적인 한의사를 찾아가기도 했다. 시골에 있는 한방병원부터 서울에 있는 경희대학교 한방병원까지 찾아갔고 치료를 받았지만, 어느 곳도 뾰족한 효과가 없었다.

　양방, 한방이 안 될 그때 주변에서는 신병이니, 귀신 병이니 하는 이야기를 하였다. 기독교 집안이라 신병이라고는 생각하지 않았고 귀신 병이라고 생각한 엄마는 이제 신앙의 힘으로 나를 치료해 보기로 하시고 전국에 있는 유명한 교회와 기도원을 다니셨다. 어느 날 시골집에 누워 있는데 갑자기 어떤 사람들이 와서 나를 기도원으로 데려가셨다. 아니, 끌고 가셨다. 엄마는 장사하다가 얼떨결에 따라갔는데 시골교회 집사님이 근처 기도원에 집회를 가셨다가 내 이야기를 하니 데리고 오라고 했다는 것이다. 그리고는 기도원 원장이 하는 말이 믿음의 예물을 먼저 하나님께 드려야 딸이 낫는다고 했단다. 엄마는 그길로 가서 100만 원 빚을 내오셨고 헌금으로 드렸다. 하지만 아무 일도 일어나지 않았다.

'이게 뭐지? 내가 아는 하나님이 이런 분이셨나….'

이번엔 경상도에 있는 어떤 목사님 기도원이었다. 이 목사님이 귀신을 잘 쫓아낸다고 하여 엄마랑 같이 가서 며칠을 머물렀지만, 통증은 사라지지 않았다. 그냥 나오려고 하자 어떤 목사님이 자신이 기도원을 하는데 자신의 기도원에서 기적이 많이 일어나고 있다며 같이 가자고 하였다. 엄마랑 나는 지푸라기라도 잡는 심정으로 그곳으로 따라갔다. 방 한 칸 크기의 교회였고 갈릴리 기도원이라고 쓰여 있었다. 몇몇 사람들이 있었는데 딱 봐도 지적장애가 있어 보이는 사람들이었다. 난 그들과 함께 예배를 드리고 안찰이라고 맞기 시작했다. 때려서 귀신을 쫓아내는 방법이라는데 맞을 때마다 생긴 상처에 멍이 들면 그 자리가 귀신이 나가는 자리라는 것이었다. 어이가 없었다. 하지만 옆에서 나을 것을 믿고 기도하고 있는 엄마가 계시니 이 어이없음을 참고 있어야 했다. 그러던 어느 날 내 옆에서 무릎 꿇고 기도하시던 엄마가 몸이 안 움직여지신다는 것이었다. 그러자 그 목사님이 자신이 귀신을 쫓아내는 영상을 많이 촬영해 놨는데 그것을 상영할 비디오 플레이어가 없다고 그것을 살 헌금을 하라는 것이었다. 엄마는 그 목사님이 시키는 대로 40만 원을 헌금하겠다고 하니 몸이 풀렸다. '이건 뭐지?' 하는 생각에 더 무서워지기 시작했다. 하지만 내 몸은 못 먹어서 일어설 힘도 없고 맞아서 온몸이 멍투성이였다. 그때 목사님이 엄마에게 여기서는 힘들 것 같으니 병원 가서 딸 영양제라도 맞히라고 하면서 내려가라고 하였다. 허탈했다.

그 후로도 손으로 살을 파서 암 덩어리를 꺼내는 신유 은사가 있는 것으로 유명한 기도원도 갔었고, 금식하며 기도하면 흉악의 결박을 푼다는 성경 구절 때문에 가게 된 기도원에서는 금식 아닌 굶식도 7일간 했으나 나에게 소용이 없었다. 지방에 있는 기도원뿐만 아니라 서울 한복판에 있는 기도원도 갔다. 그 산이 영험해서 무당들이 굿을 하러 많이 온다는 곳에 있었으나 그곳에서도 난 하나님은 이런 분일 리 없다는 생각으로 내려오게 되었다. 마지막 기도원은 경기도 광주에 있는 기도원이었으나 기억이 잘 나지 않는다. 왜냐하면 오빠의 오토바이 사고 소식으로 놀라서 급하게 내려오게 되었기 때문이다.

전국에 정말 많은 기도원 이야기를 여기에 다 쓸 수 없지만, 기도원에서 허탈하게 나올 때마다 듣는 이야기가 "하나님이 너를 사용하시려고 연단하신다. 이 시기를 잘 견디면 순금 같이 나올 거야."라는 위로였다. 난 순금같이 안 나와도 되니 그냥 흙으로 빚은 도자기도 괜찮고 플라스틱도 괜찮으니 이 연단이 끝났으면 좋겠다고 생각하며 이 말을 싫어했다.

여러 기도원을 다니며 내린 결론은 내가 알고 있는 하나님은 질서의 하나님이시지 이렇게 시끄럽게 요란하게 자기를 내세우시는 분이 아니라는 것이다. 나를 낫게 하실 수 있으신 분이니 차분히 그때를 기다리자고 생각했다.

나의 치료를 위해 했던 수많은 노력 중 양방, 한방도 종교도 아닌 제3의 치료 방법도 동원이 되었다. 나는 많은 약을 먹고 많은 물을 마셨다. 그중에 기억나는 약물 세 가지가 있다. 하나는 파 뿌리 삶은 물이다. 시골에 있을 때 동네 분이 파 뿌리 삶은 물이 머리를 맑게 하고 통증을 없앤다고 하여 엄마는 파 뿌리를 깨끗이 씻어서 그것을 팔팔 끓여 나에게 주셨다. 세상에서 제일 이상한 맛이 나는 물이었다. 하지만 낫는다고 하니 열심히 먹었던 기억이 난다. 두 번째는 대학생 때 다니던 개척교회 권사님이 끓여주신 물이다. 황태 삶은 물이 몸에 독소를 빼 준다며 열심히 끓여서 가져다주셨다. 약을 많이 먹고 있던 것을 아신 후에 남인 나에게 정성 들여 끓여주신 감동의 물이었다. 세 번째 물은 칡뿌리와 오가피나무를 달인 물이다. 오빠 친구가 신학생으로 시골교회에서 전도사를 하는 동안 직접 산에 가서 칡뿌리를 캐다가 나에게 보내 주었다. 하지만 그 오빠가 사고로 천국에 먼저 가면서 칡뿌리를 보내 줄 수 없게 되자 그 물도 더는 마시지 않았다. 나를 위해 직접 칡뿌리를 캐 준 오빠가 너무 고마웠는데 지금은 고마움을 전할 수가 없다.

내 몸에 흔적을 남긴 치료와 내 몸에 어떤 흔적도 없는 치료도 있었다.

내 몸에는 화상 자국 같은 것이 목에 있는데 그건 오빠가 서울대학교병원에 입원해 있을 때였다. 사고가 나서 병원에 입원해 있는 오빠를 엄마는 아픈 나를 데리고 병간호를 하셨다. 그때 같은 병실에 있던 어떤 환자분이 딸이 어디가 아프냐고 물었고 엄마는 머리가 아프다고 하셨다. 듣고 계시던 아저씨가 자신이 치료받고 나은 곳이라며 뚝섬에 뜸 뜨는 곳이 있다고 알려 주셨다. 나와 엄마는 아픈 오빠를 병원에 두고 그분이 알려 준 곳으로 가서 머리와 목에 뜸을 떴다. 그때 당시는 뭐라도 해서 낫고 싶은 심정이었지만 그것도 소용이 없었다.

또 다른 곳은 이모의 추천이었다. 일명 '기 치료'. 서울에 있는 곳인데 이분에게 기 치료를 받고 암 환자도 낫는다고 입소문이 나서 예약하기도 힘든 곳이라고 했다. 정말 갔더니 사람들이 줄을 서 있었다. 그런데 치료는 간단했다. 손을 얹고 3초간 있으면 끝. 그리고 계산하고 집에 돌아간다. 아무 느낌도 아무 처방도 없이 그냥 치료는 끝이었다. 이것을 다섯 번인가 했는데 그분은 돈을 참 쉽게 버는 것 같았다.

다 커서 기저귀를 해야 할 상황도 있었다. 스쿠알렌. 그때 당시 100만 원이면 엄청 큰돈이었는데 그것이 피를 맑게 해서 머리가 안 아프게 될 것이라고 해서 먹게 되었다. 먹는 것은 좋지만 먹고 나면 기름이 빠져나오는 데 언제 나올지 몰라 기저귀를 항상 착용하고 있어야 했다.

생식 도시락을 먹을 때도 있었다. 몸의 체질을 바꾸면 머리가 안 아플 수도 있다고 해서 오행 검사를 받고 내 몸에 맞는 곡물들로 오행 생식을 밥

대신 두유에 타서 두세 달을 먹었던 기억이 난다.

머리가 아프면 토할 것 같고 항상 가슴이 답답하고 체한 것 같은 느낌이라서 체를 내리러 가기도 했다. 체 내리기를 잘하는 집이 있다고 해서 그 집들도 찾아다녔다. 무슨 말인지 알 수 없는 말을 하시더니 손을 내 입속에 넣고 구역질을 시키면 뭔가 덩어리가 나오곤 했다. 정말 저게 내 목에서 나왔나 싶을 정도였다. 사실 그런 것이 나온 느낌이 전혀 없었기 때문이다. 그렇게 체를 내리러도 다녀봤는데 요즘엔 그런 집이 있으려나….

어떤 분은 내 몸이 굳어 있어서 풀어 줘야 머리에 혈액순환이 잘 된다며 마사지를 잘하는 사람을 소개해 주었다. 그곳에 들어갈 때 엄마랑 같이 갔는데 이분이 머리부터 발끝까지 마사지하면서 가슴과 민망한 부분까지 주물렀다. 이걸 하지 말라고 해야 하나 엄마가 보고 계시니 가만있어야 하나, 이건 성추행인가, 치료행위인가 알 수가 없었던 상황도 있었다.

민간신앙도 해 보았다. 지금도 이해되지 않는 우리 조상들의 방법이었다. 내가 저녁에 아파서 울면서 소리를 지르고 잠을 못 자면 외할머니가 바가지에 된장을 푸고 나의 손톱을 열 손가락 다 자르셨다. 그리곤 뭐라고 하시곤 된장과 손톱을 잘 섞은 후 칼을 문밖으로 던졌다. 칼날이 문밖으로 향하는 날은 한 번으로 끝났지만, 칼날이 문 안쪽을 향하면 그 예식은 한 번 더 진행되었다. 손톱은 이미 잘랐기 때문에 이번엔 발톱 열 개로 다시 하는 것이다. 외할머니가 돌아가셔서 물어보지는 못하지만, 손녀의 통증을 없애

려는 할머니만의 의식이었겠다고 생각한다. 또 하나는 친척 중에 한 분, 족보로는 큰아버지뻘 되시는 분이 돌아가셨다. 장례를 치르러 가신 엄마가 나를 데리러 오셨다. 이유를 몰라 따라갔더니 상여를 멘 상여꾼들이 상여를 메고 서 계시는데 숙모들이 나보고 그 상여 밑으로 가로로 한 번, 세로로 한 번 왔다 갔다를 하라는 것이었다. 그때 몇 번을 했는지는 모르겠지만 힘이 없어 정신없는 상태에서 여러 번 끌려다녔던 것 같다. 이런 행동은 죽은 사람이 산 사람의 통증을 갖고 저승으로 가라는 의식인 것 같았다.

기독교인이지만 어쩔 수 없이 끌려간 곳도 있었다. 지금은 교회를 다니시지만, 한때 남묘호렌게교에 다니셨던 이모가 계셨다. 어느 날 이모를 따라오라고 해서 갔더니 그냥 가정집처럼 생긴 곳에서 사람들이 반갑게 맞아 주었다. 그리고는 나보고 앉아서 남묘호렌게교를 하라고 했다. 무슨 말인지도 무슨 뜻인지도 모르는 말을 계속 주문처럼 외우라고 해서 나는 하라는 대로 했다. 이모에게 왜 해야 하냐고 물었더니 이 말을 하면 내 머리의 통증이 사라진다고 했다. 하지만 지금도 모르는 이 말을 몇 시간 하다 나왔다.

또 다른 이모는 기독교인이 아니다. 그래서 병원도 안되고 기도원도 안되니 이모 방법을 써 보자며 굿을 하기로 하셨다. 이모가 데리고 가는 곳으로 나는 또 힘없이 따라갔다. 갔더니 엄청난 음식에 화려하게 옷을 입은 무당이 한참을 뛰더니 긴 천을 양옆에서 잡고 나보고 천을 찢고 지나가라고 했다. 왜 천을 찢어야 하는지, 찢고 나면 무슨 일이 일어나는지 모르고 하라는 대로 했다. 내 머리 위로 칼이 왔다 갔다 하고 징 소리는 시끄럽고 정신없이 멍하니 앉아 있다가 굿당을 내려왔다.

　시골집에서는 교회를 다니지 않으시는 숙모님들이 엄마랑 내가 집에 없는 사이 무당을 불러서 굿을 하셨다. 교회 권사 집에서 울려 퍼지는 징 소리와 무당의 방울 소리는 온 동네에 울려 퍼졌고 엄마는 권사 직분을 정지당하는 일도 겪으셨다.

　그만큼 온 가족과 친척들에게 난 안타까운 아이였으며 빨리 해결해야 할 문젯거리였다.

　기독교인으로 이러면 안 된다는 것을 알면서도 친척들의 관심과 사랑으로 하자고 하는 일들에 거절할 수가 없었다. 내가 낫고 싶으면 무엇을 하자고 해도 해야 하는 상황이 되어버렸다. 엄마가 이단, 삼단이라도 너를 낫게 해 준다면 엄마는 찾아갈 것이라는 말을 하실 정도였으니 말이다.

　증상은 머리 아픈 것 하나인데 여러 가지로 원인을 생각해 보고, 치료 방법을 다양하게 찾아봐도 해결 방법은 없었다. 그리고 나는 점점 피폐해져 가고 있었고 엄마도 지쳐가고 있었다. 물론 우리 집 재정 상황은 더 안 좋아져 가고 있었다. 하지만 마음속 희망 하나는 꺼지지 않고 있었다.

　'난 선생님이 되고 싶어.'

고등학교 졸업만이라도

◐

"멈추지 말고 한 가지 목표에 매진하라. 그것이 성공의 비결이다."

– 안나 파블로바

휴학하고 치료 활동을 백방으로 했지만, 상태는 똑같은 모습으로 복학 날짜가 다가왔다. 2학년 2학기로 시작되는 복학을 위해 하숙방을 알아보아야 했다. 자취하기에는 혼자 밥을 해 먹고, 도시락 싸고, 빨래하는 것이 무리가 있을 것 같아 학교 앞에 하숙방을 알아보기로 했다. 그러던 중 1학년 때 같은 반이었던 친구가 자신이 하숙하고 있다고 알려 주었다. 그 집에 찾아가니 이미 방이 다 차 있었다. 안방엔 집주인 아줌마, 아저씨, 아들, 작은 방엔 딸과 내 친구, 옆방에 하숙생(우리 학교 학생) 두 명 이렇게 살고 있어 공간이 없다고 하였다. 하지만 그 집 분위기가 너무 좋아 보였다. 집주인 아저씨는 인근 고등학교 선생님이셨고, 기독교인이라는 공통점도 있고 친구가 그 집에서 하숙하고 있다는 것이 큰 힘이 될 것 같아 같이 지내게 해 달라고 부탁했다. 그리고 며칠 후 하숙집에서 하숙을 들어오라는 연락이 왔다. 기쁜 마음으로 가 보니 거실에 블라인드로 공간을 분리해 침대와 책상을 놓고 딸을 지내게 하신 것이다. 그래서 난 1학년 때 우리 반이었던 친구와 같은 방을 쓰게 되었다.

하숙집에서는 아침에 일어나 식사하고 각자 학교 갈 준비를 한다. 그 집에서 가장 늦게 나가고 일찍 들어오는 사람은 나였다. 아침 자율학습과 야간 자율학습을 담임 선생님이 제외해 주셨기 때문이었다. 학교 수업을 겨우 받고 나와 하숙집에 누워 있는 시간이 많았다. 그리고 한 달에 한 번 서울대학교병원 외래 진료를 위해서 2일씩 조퇴와 결석을 해야 했다.

아침에 등교하면 아이들이 어제저녁 야간 자율학습 시간에 있었던 이야기로 꽃을 피웠다. 담을 넘어가서 떡볶이를 사 먹고 들어왔는데 선생님에게는 안 들켰고 잠글레옹 아저씨(숙직하시는 분)에게 걸렸다는 이야기, 바바리맨이 나타났다는 이야기 등 너무 재미있게 들렸다. 그래서 컨디션이 좋은 날에는 남아서 야간 자율학습을 해 보겠다고 하면 선생님이 안 된다고 단호하게 집으로 보내셨다. 그때는 야속했는데 내가 교사가 되어 생각해 보니 학생이 학교에서 아프면 학교의 책임이 생길 수 있으니 그러신 것이 아닌가 하는 생각이 든다.

같은 방 쓰던 친구는 고3의 스트레스를 서태지와 아이들로 풀었던 것 같다. 브로마이드를 모으며 함께 이야기했던 기억이 난다. 앞방에 살았던 동생들은 나와 같은 학년이었지만 별로 대화를 하지 못했다. 아침에 밥도 준비되는 대로 각자 가서 먹고 등교를 하고, 자기 공부하는 데 바빴기 때문에 나와 대화를 많이 못 나눴지만 한 명은 정갈하게 머리를 다듬고 다니는 학생이었고, 한 명은 인상이 푸근하고 선한 학생이었다. 다들 자신들의 꿈을 이루며 살고 있었으면 좋겠다.

학교에서 난 언니로 불렸다. 아파서 1년 쉬고 복학했다는 것을 알고 있으므로 나를 언니라고 불러줬고 다들 친근하게 대해 줬다. 아직도 기억나는 사건은 어느 날 우리 반 아이 한 명이 나에게 다가오더니 눈썹 정리를 해 준다고 칼을 들이대는 것이었다. 난 그때까지 화장도 해 본 적이 없고 눈썹을 다듬어 본 적도 없었다. 눈썹도 진해서 그리지 않고 그대로 다녔는데 그 아이가 칼로 내 눈썹을 다듬어 준다는 것이었다. 결론은 일자 눈썹이 되었다. 친해지는 방법이 낯설어 다가오는 사람에게 모두 호의적으로 대했더니 일어난 대사건이었다.

　복학한 해, 내 생일날 1학년 때 같은 동아리 S.F.C(Student For Christ)였던 친구가 꽃다발과 일기장을 선물로 주었다. 3학년이라 공부하기도 바쁠 텐데 생일까지 챙겨주니 너무 고마웠다. 일기장에는 내 생일 D-30일부터 나를 생각하면 쓴 일기가 적혀 있었다. 나는 너무나 감동하였다. 난 그 친구를 위해 해 준 것이 없는데 이렇게 챙겨줘서 너무 고마웠다. 이 친구는 아직도 연락하는 유일한 내 고등학교 친구이다.

　그렇게 서울대학교병원 외래 약과 진통제를 먹으며 학교생활을 해 나갔다. 겨울방학을 맞이하고 따뜻한 봄이 되니 고3이 되었다. 학교에서는 병원비에 보태라며 학교 근처 백화점에서 주는 장학금을 주기도 했다. 그래서 교사가 된 지금, 나도 아픈 아이들을 보거나 가정형편이 어려운 학생들을 알게 되면 꼭 장학금 신청을 하게 된다. 내가 그렇게 고생해 보았고 도움을 받아 보았기에 그 소중함을 잘 안다.

앉아 있는 시간이 많아서인지 병원과 기도원 생활 때보다 살이 쪘다. 졸업 앨범을 찍을 때쯤의 사진을 보면 통통해 보인다. 따뜻한 봄날에 학교생활을 어느 정도는 한 것 같은데 여름이 되고부터는 통증이 더 심해졌다. 학교에 못 가거나 조퇴해서 하숙집에 누워 있는 시간이 많아졌다. 그때마다 하숙집 아줌마가 엄마에게 전화하셨고 엄마는 또 휴학을 시킬 수는 없는데 어떻게 해야 하나 고민을 하셨다.

엄마는 내가 휴학해도 나을 것 같지 않은 병이고, 이것저것 다 해 봤지만 소용이 없다는 것을 아셨다. 어떻게 할지 방법은 없어도 나는 고등학교는 졸업하고 싶었다. 그때 교사셨던 형부가 출석 일수 2/3만 되면 졸업할 수 있으니 그 날짜를 계산해서 시골집에서 쉬게 하자고 하셨다.

다시 하숙집에서 짐을 챙겨 시골로 내려갔다. 시골에서 내가 할 수 있는 일은 병원, 기도원에 가는 일과 주변 분들이 좋다는 것을 먹는 일이었다. 한 달에 한 번 서울대학병원 가서 약 타오면서 학교에 잠깐 들러 출석 일수를 채우는 일도 빠질 수 없는 일이었다.

어느 날 수능 영어 문제집에서 본 글귀가 나에게 큰 위안을 주었는데 영국 역사가인 에드워드 기번의 말이다.

"Hope, the best comfort of our imperfect condition."
(불완전한 상황에서 희망은 최고의 위안이다.)

'이렇게라도 내가 학교에 다녀야 하나, 언제 죽을지도 모르는데….'라는 자괴감이 들 때 졸업이라도 해 놓으면 내가 교사가 될 수 있는 확률이 높아진다고 생각하며 위안으로 삼고 견뎌냈다. 어려운 상황에 잡을 수 있는 동아줄은 희망이자 꿈이었다.

그러던 2월에 졸업식을 한다는 연락이 왔다. '나도 고등학교를 졸업하는구나.'라는 들뜬 마음으로 엄마와 외숙모, 사촌 동생과 함께 졸업식장에 갔다. 눈이 와서 운동장이 새하얗게 덮여있어 내 졸업식을 축하해 주는 것 같았다. 깨끗하게 출발을 해 보자는 새로운 다짐 같은 순수한 시작이었다. 그곳엔 역시나 하나뿐인 내 고등학교 친구가 와 있었고 S.F.C 동아리 후배들이 눈사람을 만들어 놓고 축하해 주기 위해 기다리고 있었다. 예상외의 친구도 와 주었다. 우리 학교 밑에 있던 남고에 다니던 같은 교회 남학생이 꽃다발을 준비해서 와 주었다. 대학생이 되었는데 내 졸업식을 와 주어서 너무 고마웠다. 내가 아프지 않았다면 남자친구가 되었을 수도 있었을까? 지금은 어디선가 잘살고 있겠지!

큰 바위 얼굴이라는 별명을 가진 담임 선생님과 사진을 찍고 학교 구석구석에서 엄마와 동아리 후배들과 친구와 기념 촬영을 하였다. 1년 늦은 남들과 다른 졸업이라 더 특별했고, 열심히 하지 못했던 학창 시절이라 아쉬움이 더 많이 남는 졸업식이었다.

그때 나는 이렇게 생각했다.

'남들보다 늦지만 내 꿈을 위해서는 꼭 필요한 과정이었다. 지금 상황도 변함없이 진통제와 서울대학교병원 약으로 견디고 있지만 언젠가 이루어낼 내 꿈을 위해 여기까지 잘 왔다. 고생했다. 고미화.'

고등학교 졸업

매일, 새로운 날들이 시작됩니다

수능 볼게요, 제 유언입니다

◯

"가장 큰 위험은 아무것도 시도하지 않는 것이다."

– 시어도어 루스벨트

졸업장은 받아왔지만 앞으로 어떻게 될지 보이지 않는 투병 생활이었다. 끊임없이 찾아오는 두통과 주위의 관심으로 알려 주는 여러 가지 치료법을 다 따라 하기 힘든 하루하루였다. 엄마는 생계를 위해 팥죽을 팔기 시작하셨다. 시골 농사철이 되면 새참으로 팥죽을 파셨고 그것을 배달하셨다. 팥을 무거운 압력밥솥에 끓여서 삶은 후에 갈고, 밀가루 반죽을 해서 반죽을 뽑아내고 그것을 끓여 통에 담아 배달을 가는 것이었다.

압력밥솥에서 팥이 끓여지며 칙칙 소리를 내길래 내가 고개를 들었는데 마침 수능 원서 접수가 시작된다는 이야기가 뉴스에서 나오고 있었다. 그때 엄마에게 무심히 말했다.

"엄마 나 수능 볼래요."

엄마는 공부한 것이 없는데 무슨 수능이냐며 헛소리하지 말고 머리 아프다고만 하지 말라고 하셨다. 사실 엄마는 내가 공부하는 것을 싫어하셨다. 내가 책을 보고 있으면 그렇게 머리가 아프다면서 뭔 책을 보고 있냐고 책을 다 불살라 버리겠다고 하셨었다. 난 여기서 물러설 수가 없었다.

"엄마! 남들 다 보는 수능인데 나도 한 번만 보게 해 주세요. 언제 죽을지도 모르는데 유언이라고 생각하고 들어 주세요."

치료법은 없었고 계속 진통제만 먹고 사는 나를 보며 엄마는 안쓰러웠는지 광주에 있는 오빠에게 전화했다. 내가 수능을 보고 싶어라 하니 원서 접수해 보라고….

우리 집 화장실에는 한호림 님의 『꼬리에 꼬리를 무는 영어』가 있었다. 고등학교 휴학할 때부터 있었던 책인데 화장실에서 곰팡이가 피어 있어도 계속 읽던 책이었다. 난 그 책으로 영어단어와 문화를 재밌게 수십 번 반복했다. 국어는 책 읽기를 좋아해서 틈만 나면 집에 있는 책들을 읽었고, 수학은 정답을 맞히는 쾌감에 정석을 종종 풀고 있었다. 또한, 학교에서 가지고 왔던 문제집들을 틈틈이 반복하고 있었다.

수능 당일이 되었다. 엄마와 나는 전날 오빠 자취방에서 하룻밤을 자고 수험장으로 갔다. 역시 수능 한파답게 추운 날씨였다. 평소에는 진통제 2알을 먹지만 그날은 4알을 먹었다. 머리는 더 몽롱해졌다. 나는 엄마에게 진통제가 효과가 있어 문제를 풀 수 있으면 풀고, 아파서 못 풀겠으면 바로 나오겠다고 이야기를 하고 시험장으로 들어갔다. 엄마는 추운 시험장 밖에서 기도하시며 언제 나올지 모를 나를 기다리셨다. 1교시 언어영역. 국어는 한국말이니 읽고 풀면 되는 것이었다. 문제가 풀리니 통증도 잠잠해진 것 같았다. 쉬는 시간에 나와서 엄마에게 2교시도 봐 보겠다고 하고 다시 시험장으로 들어왔다. 2교시 수리영역이 시작되었는데 이상하게 문제가 잘 풀렸다. 물론 막힌 문제도 있었지만, 그럭저럭 문제가 풀리니 머리가 아프더라도 끝까지 해 보고 싶은 욕심이 생겼다. 이렇게 2교시 시험도 마무리했다. 엄마에게 가서 진통제 2알을 더 먹고 마지막까지 해 보고 싶다고 이야기를 했다. 사회탐구, 과학 탐구는 내가 뭘 배웠나 생각하다 상식으로 푼 문제부터 찍은 문제까지 다양했지만, 끝까지 다 풀고 제출한 것에 감사했다. 마지막 외국어 영역은 영어 지문을 해석하면 되는 것이었고, 문법은 내가 알고 있는 문법으로 해결이 되었다. 단 독해 속도가 느렸던 것이 아쉬웠지만 난 끝까지 해냈다. 밖에서 기다리시던 엄마도 장하다고 칭찬해 주셨고 그날 바로 시골로 내려왔다.

그리고 얼마 후 성적표가 나왔다는 연락이 왔다. 나는 엄마랑 또 고등학교로 갔고 담임 선생님을 만났다. "아팠는데도 이 정도 성적이 나왔는데 안 아팠으면 더 좋았겠다." 하시며 성적표를 주셨다. 그러면서 원서는 쓸 것이냐고 물으셨고 엄마는 바로 "이 아이 학교 못 다녀요."라고 하셨다. 조용히 듣고 있다가 이렇게 말했다.

"선생님 원서 써 주세요. 저 선생님 되고 싶어요."

엄마는 어이가 없다는 표정으로 나를 보셨지만 난 원서를 쓰고 싶었다. 선생님이 내 상황에 맞는 학교를 골라 보자고 하셨다. 일단 집에서 가까우면서 등록금이 저렴한 국립대학교, 그리고 사범대, 마지막으로 과를 정해야 하는데 영어교육과라고 하니 선생님이 다른 과보다 영어교육과는 경쟁률이 높아서 내 성적으로 갈 수 없다고 하셨다. 난 알고 있다고 했고 죽을지 살지 모르는 상황이니 내가 원하는 곳에 원서라도 쓰게 해 달라고 했다. 엄마는 선생님이 가능성이 없다고 하는 말에 안도하셨는지 그렇게 원서를 써 보자고 하셨다.

원서 제출을 하고 합격자 발표를 기다렸다. 당연히 떨어졌다. 영어교육과의 정원은 스무 명이었고 공부 잘하는 아이들이 많이 지원하는 과라 합격자 합격선도 엄청 높았다. 난 다시 나의 삶을 살아야 한다. 진통제 먹고 안되면 기도원 가고, 아니면 동네 사람들이 좋다는 약을 먹으며 살아가는 삶.

그런데 2월 말 갑작스러운 전화가 대학교에서 왔다. 입학식이 바로 코앞인데 한 명이 빠져나갔다고 한다. 내가 정원 스무 명에 분명 보결 12번이었다. 그럼 내 앞에 절반 이상이 학교 등록을 포기하고 나에게까지 기회가 온 건가….

엄마는 이 전화를 받고 어떻게 해야 하는지 고민을 하셨고 나의 의견을 물으셨다. 난 대학교 생활을 도전해 보고 싶었다. 남들 다하는 대학교 생활 나도 해 보고 싶었다. 가능할지 불가능할지는 모르지만, 미리 포기하기는 싫었다. 어떻게 주어진 기회인데…. 가족들도 대학 생활을 해 보는 것도 새로운 전환점이 될 수도 있다고 하며 대학 등록금을 십시일반 도와주었다.

난 혼다 기업의 창업주인 혼다 소이치로의 말을 좋아한다.

"Have dreams. Challenge constantly.
Never give up those dreams no matter what happens."
(꿈을 가질 것. 끊임없이 도전할 것.
어떤 일이 있어도 그 꿈을 단념하지 말 것.)

그의 말처럼 난 어떤 일이 있어도 내 꿈을 단념하고 싶지 않았다. 그렇게 나는 내 친구들보다 2년 늦게 대학교 생활을 시작하였고 대학교가 있는 도시에 이모가 살고 계셔 이모 집에서 다니게 되었다. 이모 집에 사촌 동생이 그 대학교에 다니고 있어서 의지할 수 있었다. 이렇게 나는 내 꿈을 향해 전진해 가고 있었다. 가는 속도가 다른 사람들보다 조금 느리고 돌아가는 것처럼 보이지만 한 발, 한 발 전진하고 있었다.

하지만

난 최악의 상황에도

절대 포기하지 않는 꿈이

날 여기까지 이끌었다고 생각한다.

그 꿈이 나를 죽음에서 건져냈다고.

물론 하나님의 은혜와 함께.

7년 반, 꿈을 이루기 위한 기다림

◐

"고난이 있을 때마다

그것이 참된 인간이 되어 가는 과정임을 기억해야 한다."

– 요한 볼프강 폰 괴테

어쩌다 보니 대학생이 되었다. 성이 고 씨인데도 뜬금없는 학번 12번! 마지막에 빠져준 그 사람의 학번에 급하게 내가 들어간 것이다. 낯선 곳에 신입생으로 들어가니 나보다 나이가 네 살 많은 오빠도 있었고 두 살 많은 언니, 오빠도 있었다. 늦게 공부를 하는 사람들이 있어서 그나마 적응하기가 쉬웠다. 그 언니, 오빠들이랑 같이 다니며 학교생활을 즐겼다. 또한, 내 사정을 이해해 주신 교수님들의 관심과 배려로 1학기는 장학금을 받으며 마칠 수가 있었다.

어떤 교수님은 나에게 석문 호흡을 하면 머리가 맑아져 두통이 사라질 수 있다며 같이 해 보자고 하시며 학교 내에서 호흡법을 알려 주셨고, 어떤 교수님은 교회를 소개해 주셔 함께 신앙생활을 같이 하게 되었다.

태어나 처음으로 1, 2학년 M.T도 바닷가로 가서 대학문화가 무엇인지 체험도 해 보고 영어교육학과 전통인 영어연극을 해서 진한 분장도 하고, 드레스도 입어 보았다. 셰익스피어의 작품으로 『윈저의 즐거운 아낙네들 (TheMerry Wives of Windsor)』 중 한 명의 아낙으로 연기했다. 하지만 그것도 잠시였다. 통증이 심해지면 학교에 못 가고, 오른쪽 눈이 점점 감기기 시작했다. 그래서 1년을 마친 후 휴학을 하게 되었다.

그다음 해에 나는 다시 복학했다. 건강은 여전히 좋지 않았지만, 교수님들의 양해로 수업을 겨우 들을 수 있었다. 휴학과 복학을 반복하다 보니 친했던 언니, 오빠들과도 서먹한 사이가 되어버렸고 다시 새로운 동생들과 함께 수업을 들어야 했다. 이때 E.S.F(Evangelical Student Fellowship) 기독동아리에 가입해서 함께 모임도 하고 기도 부탁도 하고 개척교회도 같이 섬겼었다. 하지만 길지는 못했다.

1년을 힘들게 다니고 다시 한 학기를 휴학하게 되었고 2학기에 복학을 하였다. 복학하면서 임용고시에 가산점이 있다는 부전공을 선택하게 되었다. 내 꿈은 선생님이니 가산점을 받아야 한다는 생각에 사회교육과를 부전공으로 선택해 공부했다. 사실 일반사회가 쉬울 것으로 생각하고 선택했는데 중, 고등학교 때부터 좋아하지 않던 과목이라 수업 따라가기가 어려웠다.

또한, 그때는 정보처리기사 자격증이 임용고시에 가산점이 있었다. 그래서 학교 근처 학원에 등록해서 정보처리가 무엇인지도 모른 채 수업 후 저녁에 학원에서 시키는 대로 공부하여 정말 자격증을 따냈다. 지금은 아무 쓸모가 없는 자격증이지만 이것도 꿈을 향한 내 투자였다.

그러던 어느 날 학교에 대자보가 붙어 있었다. 해외 탐방비 150만 원을 지원해 준다는 내용이었다. 선발 심사 기준은 해외 탐방 계획서를 보겠다는 것이었다. 난 그때까지 비행기를 한 번도 타 보지 못했고 제주도도 못 가본 상태였다. 갑자기 욕심이 생겼다. 나도 비행기를 타 보고 해외여행을 해 보고 싶었다. 그래서 영어교육과 후배과 함께 영어교육과에 맞는 여행 계획을 세우고 전략적으로 계획서를 작성했다. 그리고 얼마 후 해외 탐방단에 선정되었다는 연락을 받았다. 하지만 우리 집에서는 기뻐하지 않았다. 아픈 몸으로 해외여행은 무리라고 생각했고, 주치의 선생님도 반대하셨다. 하지만 난 언제 죽을지도 모르는 데 해외에 꼭 가 보고 싶다고 설득했고 간단한 옷과 진통제, 서울대학교병원 약을 챙겨 출발하게 되었다.

목적지는 유럽이었다. 먼저 우리는 영국에서 3박을 하면서 빅벤, 셰익스피어 생가 등을 관광하고, 배를 타고 프랑스로 넘어왔다. 프랑스에서도 3박을 하면서 샹젤리제 거리, 에펠탑 야경 등도 보고 즐겁게 지냈다. 배낭여행 온 전 세계 여행객들과 이야기를 나누며 세상을 만나고 있었다. 그리고 기차를 타고 오스트리아로 향했다. 기차 안에서 국경을 넘어 여권 검사를 하는 새로운 경험도 했다. 하지만 오스트리아에서 진통제가 듣지 않았다. 어떻게 해야 할지 몰랐는데 여행자 보험이 생각나 응급실로 향하게 되었고 그곳에서 뇌종양이란 사실을 알게 되었다. 수술 후엔 더 이상의 통증은 없을 것이라는 희망을 품고 그곳에서 나는 수술을 하였다. 그러나 수술은 성공적이었다고 하지만 내 머리는 여전히 통증이 심했고 결국 똑같은 몸으로, 아니 머리에 수술 자국을 가진 채 한국으로 다시 돌아오게 되었다.

절망한 채로 한국에 돌아와서 다시 치료를 시작했으나 같은 자리를 수술하는 것은 불가능하여 방사선 치료를 하기로 했다. 감마나이프로 종양을 괴사시키고 나는 바로 마지막 학기를 준비했다.

마지막 학기는 입학한 지 7년 되었을 때 중학교로 가는 교육실습이었다. 주치의 선생님은 아직 건강 상태가 좋지 않다고 늦추자고 하셨지만 난 이 교육실습만 끝나면 교사 자격증이 나온다고 생각하니 포기할 수가 없었다. 배정받은 학교에 가서 내 사정을 이야기하고 지각, 조퇴, 결석이 있을 수 있다고 미리 양해를 구했다. 하지만 아이들과 함께하는 4주는 너무나 행복했다. 나를 "선생님!" 하면서 따라주는 예쁜 여중생들이 나에게 에너지를 주는 것 같았다. 물론 나는 겉으로 보기엔 한쪽 눈이 감겨 있고, 여러 가지 약 부작용으로 얼굴이 울긋불긋하고, 여전히 진통제를 먹고 있었다. 그러나 나는 수업을 준비하고, 선생님들의 수업을 참관하고, 수업을 위한 교재를 연구하는 시간이 너무 행복했었다. 그리고 걱정과는 다르게 지각, 조퇴, 결석 없이 4주 교생실습을 무사히 마쳤다.

그해 8월. 드디어 긴 대학 생활을 마무리하는 날이 왔다. 2급 정교사(영어), 부전공(일반사회) 교원자격증을 받아 들었다. 한여름의 졸업식에 교수님들, 교회 목사님, 가족들이 모두 축하해 주었다. 학교 분수 앞에서 학사모를 쓰고 밝게 웃는 사진은 내 대학 생활에 대해 참 많은 이야기를 해 주고 있는 듯하다.

정석교 님의 『스티브 잡스의 공감영어』에는 애플의 창업자 스티브 잡스의 스탠퍼드 대학 졸업식 축사가 실려있는데, 나는 그 축사를 좋아하여 학년말 수업에 종종 사용한다. 축사의 내용 중에서 내 삶에 영향을 미치는 구절이 있다.

"You can't connect the dots looking forward;

You can only connect them looking backwards.

So you have to trust that the dots will somehow connect in you future."

(앞을 내다보며 인생의 점들을 연결할 수는 없다.

단지 뒤를 돌아다 볼 때 그 점들을 연결할 수 있다.

그러므로 인생의 점들이 어떤 식으로든

당신의 미래에 연결될 것이라는 신념을 가져야 한다.)

나는 오직 하나의 목표를 가지고 점을 찍고 있었다. 정말 앞을 보면 어떻게 될지 몰라 깜깜했다. 또한, 지금까지 오면서 점 하나를 찍는 데 오랜 시간이 걸리고, 희미한 점을 진하게 하려고 여러 번 색을 칠했을지라도 하나씩 하나씩 점을 찍어 교사라는 목적지를 향해 가고 있었다.

남들이 보기에는 왜 저렇게 힘들게 살려고 하나 걱정스럽게 볼지라도, 무모한 도전들을 계속하고 있다고 생각할지 모르지만 난 내 주장대로 내어릴 적 꿈을 향해 가는 것이다.

남들은 아파서 공부도 못 한 내가 우연히 수능을 봤고, 재미로 써 본 대학교 원서가 운 좋게 붙어서 대학교에 갔다고 할지도 모른다. 하지만 난 최악의 상황에도 절대 포기하지 않는 꿈이 날 여기까지 이끌었다고 생각한다. 그 꿈이 나를 죽음에서 건져냈다고. 물론 하나님의 은혜와 함께.

대학교 졸업

대학교 연극

매일, 새로운 날들이 시작됩니다

네 번의 도전! 마침내 선생님이 되다

"성공이란 열정을 잃지 않고 실패를 거듭할 수 있는 능력이다."
– 윈스턴 처칠

힘들게 교원자격증을 얻고 나니 나에게도 일할 기회가 생겼다. 가장 먼저는 시골의 모교 중학교에서 기초 부진 학생들을 방학 동안 지도해 달라고 하셨다. 집에서 걸어서 10분이면 가는 거리고 1~2시간 수업을 하면 되는 것이어서 선뜻 승낙했다. 동네 아이들이기 때문에 언니처럼, 선생님처럼 잘 따라줬다. 팝송도 같이 부르고 영어 게임도 하면서 가르치는 보람을 느꼈다.

졸업한 그해 모교에서의 강사 생활 후 임용고시를 봤다. 물론 준비는 안 되어 있었지만 어떤 유형으로 나오는지 실전 감각을 익히기 위해 시험을 보았는데 산은 높았다. 하지만 기초 기본 수업을 하면서 어렸을 때 설리번 선생님을 보며 느꼈던 도전정신이 살아났다. 영어를 힘들어하는 학생들에게 배움의 기쁨을 불러일으켜 보자. 배운다는 것, 특히 외국어를 배운다는 것의 매력을 알려 주고 싶어졌다.

2004년 집에서 요양도 하고 병원, 기도원을 다니고 있는데 아는 후배에게서 연락이 왔다. 과역중에 기간제 교사 한 달 자리가 있는 데 갈 수 있겠냐고. 과역중이면 집에서 차 타고 그리 멀지 않은 곳이고 환자로 있는 것보다 교사로 한 달이라도 살아 보고 싶었다. 그래서 승낙을 하고 출근을 했다. 알고 보니 영어 교사들이 한 달씩 연수를 가는 프로그램이 있어 기간제 교사가 필요하다고 했다. 이 일을 인연으로 순천 삼상중까지 기간제 교사로 근무하게 되었다. 신기하게도 교재 연구하고 수업을 준비하면 두통도 잠깐씩 쉬어 가는 것 같아 힘이 났다. 2004년에도 임용고시는 보았다. 혼자 공부하는 것도 어려웠고 기간제 교사 두 달을 하고 2학기 때 몸이 안 좋아져 상황이 더 안 좋아졌다. 역시 임용고시는 공부가 더 필요했다.

2005년 상반기에 또 기간제 교사 연락이 왔다. 나는 이전보다 갈등이 더 심해졌다. 기간제 교사를 하고 나서 건강이 더 안 좋아졌던 것이 기억났지만 아이들과 함께 즐겁게 수업했던 것이 떠올랐기 때문이다. 그리고 학교도 광양에 있는 중학교였다. 고민도 잠시, 순천에 사는 먼 사촌 동생이 자취하고 있어 그 집에서 한 달간 지내며 출퇴근을 하기로 했다. 그 학교는 매화꽃이 가득한 매화마을 안에 있는 작은 학교로 전교 학생 수가 서른 명이었다. 학년별 열 명씩이어서 가족 같은 분위기에서 수업할 수 있었고, 아이들과 매실장아찌도 담그고, 삼겹살도 구워 먹는 즐거운 학교생활을 하였다. 그리고 시골로 다시 내려와 모교인 중학교에서 한 달 기간제 교사를 더 하였다. 역시 집에 누워 있으면 환자가 되지만 옷 입고 출근하면 선생님이 된다는 희망으로 임용고시 공부를 본격적으로 하기로 하고 서울에 있는 오빠 집으로 올라오게 되었다. 일단 노량진으로 공부를 하러 가볼까 생각하고 노량진 학원가를 가 보았다. 정말 많은 사람이 교사를 꿈꾸며 아침부터 저녁까지 공부하고 있었다. 나도 몇 달은 학원에 가서 직접 강의를 들었다. 하지만 체력적으로 힘들어 집에서 인터넷 강의를 수강하기로 했다. 그리고 임용고시를 보았지만 역시나 벽은 높았다.

2006년 오빠 집에서 계속 신세를 지고 있었다. 나이는 많아지는데 언제까지 엄마에게 병원비를 받을 수는 없을 것 같았다. 그렇다고 기약 없이 임용고시를 공부한다고 고시생으로 살 수도 없었다. 그래서 일자리를 알아보다가 학원에서 영어 교사를 뽑는다는 광고를 보고 그 학원에 지원했다. 사범대 영어교육과 출신이라고 하니 흔쾌히 합격시켜 주셨고 그 학원에서 즐겁게 일할 수 있었다. 시험 기간이 되면 내가 그 학교 교사라고 생각하고 출제를 해서 학원생에게 풀렸더니 학원생 성적이 올라갔다. 학원 문제집도 내가 직접 서점에 가서 가장 맘에 드는 직독직해 문제집으로 가르쳤더니 아이들이 너무 재미있게 잘 따라왔다. 학원생이 늘어나니 원장 선생님도 좋아하셨다.

그런데 같이 살던 오빠가 결혼할 여자가 생기면서 내가 거처를 옮겨야 할 상황이 생겼다. 건강이 안 좋으니 혼자 둘 수는 없다는 결정에 하남에 사시는 이모 집 근처 지하 단칸방으로 이사를 했다. 학원장 선생님께는 임용고시 준비를 위해 그만두겠다고 이야기를 하고 임용고시 떨어지면 다시 오겠다는 약속도 함께했다.

지하 단칸방은 반지하라서 공부하다가 머리를 들면 지나다니는 사람들의 발이 보였다. 내가 앉아 있는 책상은 시간이 안 가는 듯한데 지나다니는 사람들의 발은 어찌나 바쁘게 움직이는지 나와 다른 세상에 사는 사람들 같았다. 온종일 컴퓨터로 인터넷 강의를 듣고 있으면 근처 사시는 이모가 오셔서 반찬과 과일을 주고 가셨다. 그리고 이모가 다니시는 개척교회에 나가 주일이면 성가대도 하고, 주일학교 교사도 하며 봉사를 하였다.

어느 날은 아침에 일어나서 책을 다시 펼쳤는데 기억은 하나도 안 나는 문제가 풀려 있는 것이었다. 이건 뭘까…. 그때 알게 되었다. 내가 그때 고모할머니의 권유로 신경정신과 약을 자기 전에 먹고 있었는데 그 약을 먹은 후로 책을 보면 아무 기억이 나지 않는다는 것을…. 하지만 신경정신과 약을 먹은 뒤로 통증의 세기가 줄었기 때문에 잘 때만이라도 먹어야 했다. 기억나지 않는 그 부분부터 다시 공부하면 되는 것이니까.

임용고시 날이 되었다. 이모가 도시락으로 소화가 잘되는 반찬인 김치와 무나물을 싸 주셨다. 긴장이 많이 되었기에 진통제도 알맞게 먹고, 시험을 치르고 나왔다. 마음은 홀가분했다. 남들은 노량진에서 주변 사람들을 보며 아침부터 저녁까지 경쟁하듯 공부를 했지만 난 집에서 혼자만의 싸움을 한 것이다. 오직 경쟁자는 어제의 나였다.

얼마 후 1차 합격자 발표를 하였는데 1차에 합격을 했다. 이게 꿈인지 생시인지 모를 만큼 기뻤다. 하지만 한순간 걱정이 밀려왔다. 교육학과 전공영어는 혼자 공부가 되지만 면접 준비는 영어로 해야 하는데 혼자 할 수가 없었다. 방법을 찾아야 했다. 옷을 깔끔하게 입고 집을 나서기 전 기도를 했다.

'하나님! 영어 면접 준비를 위해 하나님의 도움을 구합니다. 지금 이 문을 나가서 처음 만난 외국인이 저의 면접 준비 선생님이 되게 해 주실 줄 믿습니다.'

무턱대고 믿음 하나로 집을 나섰다. 잘 다니지 않았던 낯선 거리이고 아는 사람 한 명 없는 거리인데 5분쯤 걸었을까…. 앞에 외국인이 보이는 것이다. 그래서 나는 무턱대고 이야기를 걸었다.

"Excuse me! I'm ready for my interview to become a teacher. I need my English teacher to help me prepare for the interview. Could you help me?"

어디서 나온 용기인지는 모르겠지만 이렇게 도전을 했고 나는 "Yes."를 받아 냈다. 그 외국인은 근처 정철 주니어 어학원 선생님이었고 원장 선생님만 모르게 한다면 가능하다고 했다. 난 원장 선생님께 말하지 않겠다고 약속을 했다. 물론 말할 이유도 없었다. 대신 난 돈이 없다고 이야기를 하고 일곱 번 만나 한 시간씩 연습하고 10만 원을 주겠다고 했다. 너무 싸게 해 달라고 해서 거절하면 어떡하나 걱정을 했지만 정말 난 돈이 없었다. 다행히 원어민 선생님은 허락해 주었다. 대신 장소를 자기 집으로 오라고 했다. 남자가 사는 집에 혼자 간다는 것이 지금 생각하면 무서운데 그땐 난 겁도 없었다. 이렇게 난 면접 선생님을 구했다. 내가 예상 문제를 만들어 가면 원어민 선생님과 대답을 함께 써 내려갔고 하루에 서너 문제 정도를 연습했다. 마지막 연습 시간에 고맙다고 인사를 하고 헤어졌는데 그 후로는 그 원어민 선생님을 한 번도 만난 적도 없다. 사실 국적도 나이도 이름도 물어보지 않고 오직 난 면접 준비에만 집중하고 있었다.

2차 면접 날이 왔다. 난 원어민 선생님과 연습한 문제를 달달 외웠다. 제발 이 안에서 나오거나 비슷한 문제가 나오게 해 달라고 기도했다. 그런데 정말 우연일까, 내가 연습한 예상 문제 중의 세 문제가 나왔다. 기분 좋게 면접장을 나왔고 난 합격통지서를 받았다. 이건 기적이다. 나를 아는 모든 사람이 기뻐해 주었다. 죽는다는 아이가 그렇게 진통제를 많이 먹던 아이가 밤마다 머리 아프다고 소리치며 벽에 머리를 박던 아이가 선생님이 되었다니!

기독교 서적 중에 내적 치유의 고전이라 불리는 데이비드 A. 씨맨즈의 『상한 감정의 치유』라는 책에 이런 구절이 있다.

"하나님으로부터 큰 것을 기대하라, 하나님을 위해서 큰 것을 시도하라."

하나님이 나를 아프게 하셨을지라도 나를 낫게 하실 것이라는 믿음, 아니 안 낫게 하실지라도 선생님은 되게 하실 것이라는 확신이 있었다. 왜냐하면, 내가 하나님을 위해 큰일을 할 것이기 때문이다. 그것이 무엇인지는 모르지만 난 큰 시도를 할 것이다.

3장

어떤 고난에도
감사는 그칠 수 없어!

낮잠을 너무 잔다 싶어

나를 흔들어 깨우니

그때 내 입으로 약을 100알 먹었다고 했단다.

기억나지 않지만,

무의식적으로 난 살고 싶었나 보다.

그 말을 듣고 엄마는 바로 택시를 부르고

광주에 있는 대학병원 응급실로 갔다.

그리고 위세척을 하고 나는 다시 살아났다.

삶을 포기하고 싶었죠

◯

"불행하면 인생이 널 비웃을 것이고,
행복하면 인생이 네게 웃음을 지을 것이다."

– 찰리 채플린

나는 아빠가 두 살 때 돌아가셨고 엄마가 힘들게 생계를 꾸려가는 것을 너무나 잘 알고 컸기 때문에 효도하고 싶었다. 혼자서 자식들을 남부끄럽지 않게 키우기 위해 돈 되는 일은 불법적인 것은 빼고 다 하셨다. 우리 집은 붕어빵, 튀김, 라면을 파는 분식집이 되었다가 농번기에는 양파망, 마늘망, 새끼줄을 파는 철물점이 되기도 했다. 팥죽 새참을 파는 식당도 되었다가 샴푸, 비누, 칫솔 생필품도 팔고, 과자, 음료수도 파는 슈퍼도 되었다. 새벽시장 가서 사 온 신선한 채소, 콩나물, 두부, 생선을 파는 반찬 가게도 되었다. 유자가 돈이 된다고 하면 유자나무를 심어서 열매를 팔았다. 겨울이면 그 유자를 씻어 유자차를 만들어 팔기도 했다. 지금 생각하면 우리 집은 마트였고 없는 것이 없는 만물상회였다. 즉석요리해 주는 편의점 같은 개념일 수도 있다.

이런 환경이기에 어려서부터 엄마가 새벽시장에 팔 물건을 사러 가시면 난 오빠랑 밥을 차려 먹은 뒤 가게 문을 잠그고, 열쇠는 엄마랑 약속한 장소에 두고 초등학교에 갔다. 엄마에게 공부하라는 잔소리를 한 번도 듣지 않고 클 정도로 알아서 공부도 했고, 청소며, 집안일도 척척 해냈던 딸이었다. 배달을 가야 할 일이 있으면 부끄러워할 것 없이 자전거 뒤에다 설탕이며, 과일 상자며 싣고 배달도 다녔다. 그렇게라도 엄마에게 도움이 되고 싶었다.

　고등학교 가서도 남들 사 먹는 간식, 매점 갈 돈도 아꼈고, 한 달 동안 똑같은 도시락 반찬도 투정 한번 하지 않았다. 교통비를 아끼기 위해 두세 정거장은 그냥 걸어 다녔고, 늘어난 스타킹도 신고 또 신었다. 그러나 건강이 무너지니 모든 것이 물거품이 되었다. 나의 치료와 병간호를 위해 엄청난 돈이 들어갔고 언제 나을지 모를 투병으로 온 가족이 힘들어졌다.

　그러던 중 넷째 오빠가 사고를 당했다. 내가 기도원에 가 있는 동안 유자를 수확하는 시기가 되어 집에 유자를 딸 사람이 필요했다. 그때 대학교 다니던 넷째 오빠는 다른 대학교에 가기 위해 재수를 하고 수능을 본 후였다. 행정고시 공부를 하던 셋째 오빠가 수능 끝난 넷째 오빠에게 유자를 같이 따자고 시골로 오라고 했다. 그렇게 유자를 따러 갔던 시골길에서 오토바이를 타고 가다가 전봇대에 부딪쳤다. 시골병원에서 수술한다는 소식에 엄마와 나는 급히 기도원에서 나와 시골로 향했다. 엄마가 수술이 끝난 오빠 다리를 봤을 때 발끝이 안 움직였다. 엄마가 의사 선생님께 말하자 깁스를 조금 잘라 주시며, 엄마에게 오빠 발을 뜨거운 것으로 찜질해 주라고 했다.

하지만 찜질 중 오빠는 화상을 입었다. 다리는 뜨거움을 전혀 느끼지 못했고, 그사이 발끝이 까맣게 변해 가고 있었다. 이런 상황이 이상하다고 느꼈을 땐 이미 늦은 후였다. 이건 의료사고였던 것이었다. 허벅지 뼈가 부러져 수술하였는데 뼛가루를 완벽하게 제거하지 않아 혈관을 막았고 다리가 썩어 들어가고 있었다고 한다. 급하게 전남대학교병원에서 서울대학교병원으로 옮겼지만, 다리를 절단해야 하는 상황까지 왔다. 그 후에 의료사고라는 것을 입증하기 위해 재판을 시작했고 대법원까지 갔는데 환자가 의료사고를 입증하기는 쉽지 않다는 것을 알게 되었다.

내가 아프지 않았다면 오빠가 유자 따러 갈 필요도 없었고 다리를 자르지 않아도 되었을 텐데…. 내가 오빠를 장애인으로 만들었다는 죄책감이 내가 아픈 것보다 더 힘들었다. 이 사고로 인해 오빠의 꿈이 꺾인 것도 힘들었고, 그런 오빠를 바라보는 엄마를 보는 것도 힘들었다.

오빠를 일단 시골집으로 데리고 오기 전, 우리 집은 시골 좌식화장실이었는데 오빠를 위해 양변기를 설치하는 공사가 시작되었고 오빠를 위한 침대가 들어왔다. 하루하루 나의 통증은 나아진 것이 없는데 오빠의 사고가 나의 마음의 병까지 키우고 있었다.

내가 너무 아파서 소리를 지르며 울고 있으니 외할머니가 나에게 큰 상처를 주는 말을 하셨다.

"어렸을 때부터 니가 그렇게 울어서 니 애비 잡아묵더니 이제 니 애미까지 잡아 묵을라고 그라냐? 우리 딸 힘들게 하지 말고 나가 디져부러라."

난 이 말을 아주 어렸을 때부터 들었었다. 내가 너무 울어서 아버지가 일찍 돌아가셨다는 말…. 그러려니 하고 살았는데 이런 상황에서 그 말을 또 들으니 그리고 내가 또 엄마를 힘들게 하고 있다고 생각하니 더 살고 싶지 않았다. 그래서 난 서울대학교병원에서 받아오는 약 중에 수면제가 어떤 것인지 확인한 후 약을 모으기 시작했다. 그리고 그 약이 100알 모였을 때 그것을 한 번에 먹었다.

사실 나는 기독교인으로서 알고 있었다. 사람이 자기 마음대로 생명을 결정할 권리는 없다는 것을, 그것은 하나님의 권한이라는 것을, 그리고 그런 경우에는 지옥에 간다는 것을. 하지만 난 살아 있는 그 순간이 지옥이었기에 어떤 생각도 할 수가 없었다.

약을 먹은 그날 엄마는 내가 이상했단다. 온종일 잠만 자는 내가 이상했지만 아프다는 말을 하지 않고 자고 있어서 다행이라고 생각하셨단다. 낮잠을 너무 잔다 싶어 나를 흔들어 깨우니 그때 내 입으로 약을 100알 먹었다고 했단다. 기억나지 않지만, 무의식적으로 난 살고 싶었나 보다. 그 말을 듣고 엄마는 바로 택시를 부르고 광주에 있는 대학병원 응급실로 갔다. 그리고 위세척을 하고 나는 다시 살아났다.

그때 병원으로 병문안을 와 준 교회 고등부 친구들, 선배들에게 너무 창피했다. 신앙생활을 잘하는 내가 내 생명을 내 마음대로 결정하려고 했던 모습이 부끄러워 쥐구멍이라도 찾아 숨고 싶었다. 살아서 퇴원은 했지만, 두통과 마음의 병은 더 깊어 가는 것 같았다. 오빠가 목발을 짚고 한쪽 다리가 없이 바지가 헐렁이며 걸어 다니는 것을 보면 볼수록 내 탓인 것 같아 마음 깊숙한 곳이 쓰라렸다.

어느 날 오빠에게 오빠의 장애가 나 때문인 것 같아 많이 미안하다고 하자 오빠가 이 말을 했다.

"네 탓이 아니니 절대 미안해하지 마. 이 또한 하나님의 계획이겠지."

난 자살하려는 사람들의 마음을 다 알지는 못하지만 내가 경험해 보았기 때문에 조금은 이해가 될 것 같다. 학교에서 자해하는 아이들이 점점 늘어나고 있는데 그 아이들의 마음이 어떨지 아주 조금은 알 것 같다. 같은 상황과 환경이 아니라 모두 공감한다는 것은 불가능하지만 어쩔 수 없는 그 환경을 바꾸고 싶어 그렇게 도움을 요청한다고 생각한다. 나 좀 봐 달라고, 힘들다고, 살고 싶다고….

"일어난 일들은 일어나고 사람들은 살아간다."

TV 드라마 작가이기도 한 임선경 작가의 『빽넘버』에 나오는 글귀이다. 무슨 일이든지 내 탓이 아니고, 네 탓도 아니다. 그냥 일어난 일들은 일어난 것이고 사람들은 살아가는 것이다. 책을 읽다가 밑줄을 그으며 생각했다. 사람들은 살아간다…. 그럼 나도 살아가자! 어떻게? 제대로. 할 수 있는 만큼 최선을 다해서. 살아 있으니 후회 없이 살아 보자!

내 마음대로 되지 않는 눈

◎

"어떤 사람은 슬픔을 딛고 서고, 어떤 사람은 슬픔 밑에 깔린다."

— 랄프 왈도 에머슨

의사 선생님들은 항상 머리가 아프기 시작하면 어떻게 아픈지 묘사를 해보라고 하셨다. 욱신욱신하는지, 콕콕 찌르듯이 아픈지, 빙글빙글 어지럽게 아픈지. 그럼 나는 항상 머리가 썩어 들어가는 느낌이 든다고 이야기를 했다. 어떤 표현으로도 부족하고 참을 수 없는 통증을 난 썩어 들어간다고 표현했었다. 그 통증과 동시에 눈이 빠질 것 같은 감각에 눈을 질끈 감고 누르고 있을 때도 있었다. 그러더니 아픈 머리 쪽 눈꺼풀이 점점 내려오기 시작했다. 눈을 다 떴는데 눈을 반만 뜬 사람처럼 눈꺼풀이 힘을 잃어갔다. 완전 짝눈이 되어 가는 내 모습에 안압 검사를 했지만 정상이었다. 두통과 눈 통증의 이유, 눈꺼풀이 힘을 잃어 가는 이유도 알 수가 없었다.

그리고 대학생이 되었을 때 자꾸 눈이 충혈되고 물건이 두 개로 겹쳐 보여 일주일에 한 번은 안과를 갔다. 항상 같은 약을 처방받고 정기적으로 검진은 받는데 각막이 약해지고 있었다. 그다음은 각막 혼탁이 왔다는 이야기를 들었다. 진료를 계속 받고 있음에도 왜 눈은 더 안 좋아지는지 알 수가 없었다. 그러던 어느 날 계속 다니던 병원에서 오른쪽 눈 시력이 나오지 않는다는 이야기를 들었다. 의사 선생님도 해 줄 수 있는 것이 없다는 이야기였다.

대학교를 휴학하고 다시 두통과 눈에 대해 치료를 시작하는데 이번엔 눈동자가 좌우로 자유롭게 움직이지를 않았다. 어느 날은 오른쪽 눈동자가 오른쪽으로 돌아가 외사시가 되고, 어떤 날은 왼쪽으로 돌아가 내사시가 되었다. 예뻤던 내 눈이 점점 망가져 가는 와중에도 의사 선생님들은 이유도 모르고 해결책도 모른다고 하니 속이 타들어 갔다.

어렸을 때 나는 쌍꺼풀이 없는 눈이었다. 고등학생이 되고 갑자기 예쁜 쌍꺼풀이 생겨 돈 안 들이고 쌍꺼풀이 생겼다고 좋아했었다. 엄마는 쌍꺼풀이 없고, 아빠는 쌍꺼풀이 진했다는데 공평하게 유전자를 물려주고 싶었나보다는 우스갯소리도 했었다. 그런 눈을 이제 사진에서만 봐야 한다.

내 눈이 아프면서 찍은 사진들을 보면 모두 앞머리로 오른쪽 눈을 가리거나, 안경을 내려서 눈이 찌그러져 있는 것을 가리려고 노력한 흔적들이 보인다. 자연스럽지 못한 눈과 조화롭지 못한 얼굴에 자신감을 잃어 간 증거들이었다.

오스트리아에서 뇌종양 수술 후 눈 뒤에 있는 종양이 제거되면 두통뿐만 아니라 눈도 온전해질 것이라는 희망을 품었으나, 한번 망가진 시신경은 다시 살릴 수 없다는 것을 한국에 와 알게 되면서 기적을 바라고 하나님의 은혜를 기다리게 되었다.

그리고 임용고시 합격 후 여름방학 때 외사시, 내사시가 반복되는 것을 잡고자 눈동자를 가운데에 두는 사시 수술을 하게 되었다. 눈꺼풀은 처져 있어 짝눈이지만 그나마 정면을 보고 있는 눈동자가 미적으로 조금은 위안이 되었다. 수술 후 6개월에 한 번씩 가서 눈의 상태를 확인하다가 이제 1년에 한 번씩 가서 확인하는데 눈동자가 한가운데 잘 자리 잡고 있다고 한다. 여전히 움직이지 않는 눈동자이지만 외적으론 사시일 때보다 훨씬 좋다. 단점은 오른쪽 눈은 항상 정면만 보고 있어서 왼쪽 눈과 위치가 다를 때가 있다. 가끔 학생들이 "선생님 누구 보고 계세요?"라고 물어보면 "난 다양하게 볼 수 있는 다초점 눈이야!"라고 장난으로 넘겨서 항상 학생들의 궁금증을 유발하게 하는 눈이 되었다.

그리고 재생불량성 빈혈을 알게 된 계기도 정상이던 눈까지 보이지 않게 되자 즉시 병원을 간 덕분이었다. 두 눈의 시력을 모두 잃게 될 뻔했을 때 난 무섭기보다는 '이 또한 지나가리라.'라는 마음이 들었다. 항상 죽음 앞에서 사는 사람으로서 무서울 것이 없었고, 이 고비는 또 지나갈 것이고, 덤덤히 이야기할 날이 올 것을 알았기 때문이다.

성경 속의 바울은 계시를 받은 것이 너무 커서 자만하지 않게 하려고 하나님이 몸에 가시를 주셨다고 한다. 나도 이 눈이 하나님이 나에게 주신 가시이다. 외적인 초라함이 항상 하나님 앞과 사람 앞에 겸손하게 만든다. 난 나의 이 모습을 예수님의 십자가 흔적이라고 말한다. 이 모습이 아니었으면 나는 교만했을 것이고, 예수님을 의지하기보다는 인간적인 나를 더 의지했을 것이다.

가끔 왼쪽 눈을 가리고 일부러 오른쪽 눈으로만 볼 때가 있다. '보이지 않을까? 기적이 일어나지 않을까?' 눈동자도 굴려본다. '혹시 오른쪽, 왼쪽으로 움직여지지 않나?' 아직도 난 희망을 품고 있다. 의학적으로는 불가능하다고 비웃을지 모르지만 내 마음속엔 이유 모를 희망이 있기 때문이다. 지금 내 눈은 잘 때 눈이 완전히 감겨 지지 않는다고 한다. 자는 나는 모르지만, 의사 선생님이 그렇게 말씀하셨다. 각막이 밤새 노출되어 각막에 손상이 오기 때문에 잘 때면 위생 랩으로 안대를 만들고 반창고를 붙여서 잠을 자야 한다. 내가 인공각막에 대해서도 의사 선생님께 문의했는데 현재 내 상황에서는 의미가 없다고 하셨다. 날마다 안대를 만들어 눈에 붙이고 자는 엄마를 보며 우리 아들은 어렸을 때부터 자연스럽게 꿈이 생겼다. 엄마 눈을 고쳐주는 안과의사가 되겠다고 한다. 내가 내 시력을 되찾고, 눈동자가 움직일 것이라는 믿음이 있듯이 아들이 내 눈을 고칠 수 있기를 기대해 본다.

황보름 작가의 『어서 오세요, 휴남동 서점입니다』에 나온 내용 중 '자기 자신에게 좋은 쪽으로 생각하는 능력도 우리에게 필요하답니다.' 이 문장에 밑줄을 그었다. 나도 또한 한눈의 시력을 잃지 않았다면 재생불량성 빈혈도 쉽게 알아낼 수 없었을 것이다. 빨리 알아채지 못했다면 병이 더 깊어졌을 것이고 지금의 내가 없을 수도 있다. 또한, 심한 짝눈인 것을 감추기 위해 입꼬리를 올리고 눈을 살짝 감아 항상 웃는 얼굴을 만들지도 않았을 것이다. 난 원래 웃는 인상이 아니라 만들어진 웃는 상으로, 내 사정을 모르는 사람들은 항상 내 표정이 밝아서 기분이 좋아진다고 한다. 하지만 그렇게 만들어진 웃는 인상이 이제 내 원래의 인상이 되어 항상 밝고 긍정적인 선생님으로 기억되어 참 좋다. 피곤해도, 화가 나도 내 얼굴은 항상 웃고 있다. 그래야 조금이라도 심한 짝눈이 안 될 수 있는 위장법이었으니까. 하지만 지금은 아이들에게 좋은 영향력을 끼치는 얼굴이 되었다. 아이들이 만들어 준 별명이 무한긍정 파워 고나원 선생님이니까. 어떤 일이든 좋은 쪽으로 생각하는 능력은 자신의 단점을 장점으로 바꿀 수도 있다. 그 긍정이 우리의 정신건강에 얼마나 좋은지 다시 한번 깨닫게 된다. 나이가 들어가니 모두가 시력이 노화된다고 한다. 난 특히 한쪽 눈만을 사용하니 피로도가 더 심하다고도 할 수 있다. 하지만 책 읽을 수 있고, 글을 쓸 수 있고, 아름다운 자연을 볼 수 있고, 사랑하는 사람들을 볼 수 있고, 아직 교단에서 아이들을 가르칠 수 있어 너무 감사하다.

버려진 것 같았던 두 달

"연은 순풍이 아니라 역풍에 가장 높이 난다."

– 윈스턴 처칠

오빠가 다리 수술을 위해 전남대학교병원에서 서울대학교병원 응급실로 실려 왔을 때 나도 함께였다. 엄마는 원인을 알 수 없는 편두통 환자 딸과 의료사고로 다리를 절단하게 될 아들과 함께 서울대학교병원의 보호자로 계셨다. 처음에는 오빠만 입원하고 나는 엄마와 보호자 침대에서 같이 지냈는데 내가 너무 아파하는 것을 보고 입원을 같이 시켰다. 오빠 병실 맞은편에 내 병실도 같이 마련이 되었다. 엄마의 기억으로는 그때가 가장 힘드셨다고 한다. 딸은 머리가 아프다고 진통제를 달라고 소리치고, 아들은 다리가 아프다고 진통제 달라고 소리치는데 진통제는 4시간 간격으로 줄 수 있다고 해서 엄마는 병실에 들어가지도 못하고 복도에서 왔다 갔다 하시며 타들어 가는 속을 부여잡고 계셨다고 한다. 이런 상황에 오빠가 다리를 절단해야 한다고 하니 시골 사람들이 병문안을 오고, 예전 시골교회 담임목사님과 사모님도 병문안을 오셨다. 엄마가 힘들어하시는 것을 보고 사모님이 오빠가 다리 절단하고 퇴원할 때까지 나를 목사님 집에서 돌보겠다고 하셨단다. 엄마는 오빠와 나 둘을 간호하기가 힘들어 감사한 마음으로 나를 그 목사님 집으로 보내셨다.

그 목사님은 엄마를 전도하신 목사님으로 내가 초등학교 때 도시로 사역지를 옮기셨는데 엄마와는 꾸준히 연락하고 계셨다. 처음에 난 우리 집도 아니고 친척 집도 아닌 곳이고 오랫동안 교류가 없던 목사님 집이라 너무 어색했다. 두 살 많은 언니, 한 살 많은 언니와 같은 방을 썼고, 오빠 둘이 더 있었는데 첫째 오빠는 같이 살지 않았다. 아마 그때 신학을 공부하고 있었던 것 같고 둘째 오빠는 집에서 같이 살았었다.

첫 번째로 힘든 것은 진통제를 주시지 않는 것이었다. 교회나 기도원이나 나를 귀신 병으로 여기고 진통제를 주지 않았다. 그럼 난 아픈 머리를 부여잡고 잠도 못 자고 날을 새야 했다. 우리 집이었다면 엄마가 계셨다면 난 울며 떼를 써서라도 진통제를 먹고 조금이라도 잠을 잘 텐데, 여긴 떼를 쓸 상황이 아니었기에 이를 악물고 참아야 했다.

두 번째로 힘든 것은 목회자와 자녀들의 삶을 직접 본다는 것이었다. 주일에 설교 들을 때만 만나는 거룩해 보이던 목사님과 신앙생활 잘할 것 같던 목사님 아들, 딸들의 민낯을 보게 된 것이다. 나는 신앙생활을 하면서 내 몸은 거룩한 성전이니 내 몸을 더럽히지 말라고 배웠기에 술과 담배를 한다는 것은 생각도 해 보지 못했다. 그런데 언니들이 방에 들어올 때면 술 냄새가 났고, 오빠 방에서는 담배 냄새가 났다. '이게 뭐지?' 하며 순간 뭔가 잘못된 것이라는 생각이 들었다. 더 충격적인 것은 목사님이 주일 설교

하고 내려오신 후 점심 먹는 식탁에서 어떤 집사님이 설교 중에 졸았다면서 욕을 하시는 것이었다. 순간 '난 뭘 들은 거지?' 놀라서 얼어 버렸다. '그래, 목사님도 사람이고 자녀교육은 사람 마음처럼 되지 않는 거라 하더라.' 하면서도 내가 잘못 왔구나, 모르면 좋았을 것을 보았다는 생각이 들었다.

세 번째로 힘든 것은 내 기준에서 위선적인 삶이었다. 남이 볼 때는 청빈한 삶인데 자신들의 숨겨진 삶은 화려한 것 같았다. 하루는 목사님 가족들이 모두 나가고 누워만 계시는 할머니만 계셨다. 나는 심심하기도 하고 머리 아픈 것에만 신경을 쓰지 않기 위해 목사님 집을 탐방했다. 1층은 언니들 방, 식당, 할머니 방, 오빠 방, 2층은 아직 한 번도 안 올라가 봤지만 목사님 방과 서재가 있을 것으로 생각하고 올라가 봤다. 1층과 2층은 달랐다. 언젠가 TV 수신료를 받으러 오신 분이 1층 TV를 보시며 "아직 흑백이네요." 하고 가셨는데 2층엔 엄청 큰 컬러 TV에 물침대에 잘 갖춰진 서재가 이중생활을 하는 느낌을 주었다.

네 번째로 힘든 것은 주일마다 예배를 드리러 가야 하는 내 모습이었다. 나도 예뻐 보이고 싶은 10대 후반인데 언니들은 화장하고 짧은 치마를 입고 나가면 나는 삐쩍 마른 키(170cm, 46kg)에다 내 덩치보다 큰 겉옷에 헐렁한 청바지, 얼굴은 약 부작용이 난 민얼굴이었다. 물론 난 거기에 멋 부리러 간 것은 아니고 환자로서 갈 곳이 없어서 간 것은 맞다. 하지만 '거지는 아닌데… 귀신 들린 사람도 아닌데….'라는 서러움이 있었다.

이보다 더 결정적인 것은 버림받았다는 느낌이었다. '내가 왜 다른 사람 집에 가 있어야 하는 거지?'라는 생각이었다. 엄마는 8남매의 맏이인데 엄마 여동생, 즉 이모가 여섯 명이나 된다. 내가 아픈 동안 여섯 명의 이모에게 신세를 많이 졌다. 서울대학교병원을 다닐 때는 동대문 이모에게, 퇴원했을 때는 마포 이모에게, 길동 이모 집에서도 많이 지내기도 했다. 그 이모들에게 나를 맡길 수는 없었을까. 시골에 외할머니 외삼촌도 계시는데 거기도 내가 머물 수 없는 곳인가. 나에겐 언니, 오빠들도 있는데 거기도 부탁을 못 하는가…. 서러웠다. 밤마다 통증에 잠을 못 자면서 진통제 달라고 말도 못 하고, 버려졌다는 생각에 많이 울었다. 통증이 심해서 운 것도 있지만 마음의 상처가 커서 언니들 깰까 봐 숨죽여 울었다. 엄마는 환자가 되어버린 아들, 딸 중에 수술을 앞둔 아들이 더 급해서 한 선택이었을 텐데 난 버려졌다는 느낌을 받았다.

목사님 딸들은 아빠도 있고, 건강하고, 예쁘게 꾸미고 다니고, 자기가 하고 싶은 것도 다 하고 사는데 난 아빠도 없고, 아프고, 예쁘지도 않고, 내가 하고 싶은 것을 하고 살지도 못하고 가족에게 버림받아 남의 집에 얹혀살고 있는 현실이 비참했다.

나의 감정들은 내가 가지지 못하는 것에 대한 비교의식과 열등감이었다. 그 열등감 속에 빠져있으면 어떠한 도움도 되지 않는다는 것을 깨달았다. 그렇다면 내가 어떻게 하면 내 삶의 주인공으로 내 삶을 찾을 수 있을까에 집중해 보기로 했다. 나다움이 무엇일까? 나의 꿈이 무엇이었을까? 그리고 결론은 하나였다. 내가 사람 구실 하면서 살 방법은 내 꿈을 이루는 것이다. 그럼 어떤 고통이든 견딜 수 있어야 한다. 기다려 보자. 시간은 지나간다.

오빠가 다리 절단 수술을 하고 시골집으로 내려가는 길에 엄마는 나를 데리러 오셨다. 그동안 데리고 있어 줘서 고맙다는 인사를 하고 다시 시골로 내려갔다. 나에게 그 두 달은 어떤 의미였을까? 병원에서 간 것이었기에 책도 없었고 그렇다고 공부하겠다고 책을 사달라고도 할 수 없었고, 물론 진통제 없이 싸우는 통증 속에 더더욱 공부할 수도 없었다. 온종일 통증과 씨름하고 주중을 멍하니 보내고 주일이 되면 잠깐 나가 예배를 드리고 왔다. 목사님의 강대상 위 거룩한 모습 뒤에 감춰진 모르면 좋았을 너무 인간적인 모습들에 실망하고 목사님 자제들의 일탈을 목격한 두 달이 아니었을까…

사실 이 글을 쓰면서 엄마에게 왜 나를 목사님께 보냈냐고 물었다. 엄마는 병문안 오신 목사님이 엄마가 힘들어하는 것을 안타깝게 생각하시며 나를 돌봐준다고 해 고마운 마음으로 보낸 것이지, 내 존재가 힘들어서, 귀찮아서 보낸 것은 아니라고 하셨다. 하지만 여전히 아픈 나를 목사님은 왜 데리고 있겠다고 하셨을까 하는 궁금증도 생긴다. 나를 기도로 낫게 하시겠다는 생각이셨는지, 아니면 엄마의 힘듦을 덜어 주기 위해서였는지….

어찌 되었든 두 달 동안 돌봐주신 감사함도 느낀다. 함께 방을 써 준 언니들도 고마웠다. 이런 경험들을 하나님이 사용하셔서 다른 사람들을 이해하고 도와주는 데 쓰이는 삶을 기대하게 해 주셨다.

해외에서의 수술, 결과는

"밤을 통과하지 않고는 새벽에 이를 수 없다."

– 칼릴 지브란

대학생 때 죽기 전에 비행기 타 보고 싶다는 마음으로 영어교육과 후배와 함께 도전하게 된 해외 문화 탐방. 운 좋게 선정되어 유럽으로 배낭여행을 떠나게 되었다. 영국, 프랑스, 오스트리아, 이탈리아 경로의 여행이었다. 원래는 오스트리아가 없었는데 오스트리아에 외삼촌이 살고 계셔서 오스트리아에 들러 이탈리아로 가기로 했다. 외삼촌은 한국에서 태권도 사범을 하시다가 오스트리아로 건너가 태권도장을 하셨는데 내가 도착했을 때는 게스트하우스를 하고 계셨다.

외삼촌이 오스트리아의 여기저기를 여행시켜 주셨고 맛있는 음식도 사주셨다. 그런데 여기까지가 나의 한계였던 것 같다. 영국, 프랑스에서 잘 들던 진통제가 오스트리아에선 들지를 않았다. 2알, 3알, 4알을 먹어도 통증이 멈추지 않았다. 나는 여행자 보험에 가입되어 있기 때문에 병원으로 향했다. 응급실로 갔고 다양한 검사를 했다. 그런데 거기서 뜻밖의 소식을 들었다. 내 머리에 종양이 있다고 밝혀졌다. 한국에서는 원인을 찾지 못했는데 오스트리아에서 원인을 찾다니 놀라웠다. 그래서 내가 이 종양 제거 수술을 하면 더 고통에 시달리지 않을 수 있냐고 의사에게 물었다. 의사는 당연하다고 하면서 한국도 의학이 많이 발전되어 있는 것으로 아는데 왜 이것을 발견 못 했는지 이해할 수 없다고 했다. 나의 오른쪽 눈이 튀어나온 것은 눈 뒤의 종양이 밀고 있어서라고 하면서 외관만으로도 알 수 있는 상황이라고 했다. 역시 유럽이 선진국이라고 생각하고 나는 어떻게 해야 하나 고민을 했다. 그리고 함께 해외 탐방을 온 동생에게는 미안하지만 혼자 다음 목적지인 이탈리아로 떠나라고 보내고 나는 여기서 수술을 할 수 있을지 생각해 봐야 했다.

영어교육과 학생이긴 하지만 난 의학적 용어를 알아들을 수도 없고, 오스트리아가 영어를 사용하긴 하지만 아직 대부분 사람은 독어를 위주로 쓰고 있어 수술한다는 것은 큰 결심이 필요했다. 또한, 한국보다 병원비도 비쌀 것이고 여행자 보험도 만료가 될 것인데 어떻게 병원비를 엄마에게 부탁해야 하나 걱정이 되었다. 그때 외삼촌이 오스트리아에서 수술하자고 결정을 내려주셨다. 외삼촌이 계셨고 그곳에 파독 간호사로 오신 한국인 간호사가 한 분 계셨다. 파독 간호사는 80년대에 오스트리아에 오셔서 간호사를 하셨는데 연금을 받기 위해 몇 달만 더 근무하면 돼서 한 달에 두세 번 출근하신다고 했다. 병원 전문용어에 대해서는 그분이 도와줄 수 있다고 하셨다. 그리고 외삼촌이 병원비에 대해서는 유학생 비자를 신청하고 보험을 들면 병원비 걱정 없이 수술할 수 있다고 하셨다. 엄마 힘드신데 한국에서 수술하는 것보다 더 저렴하게 수술을 할 수 있다고 하셨다. 그럼 어떻게 유학생 비자를 얻어야 하나 고민하자 외삼촌이 알아봐 주시겠다고 하셔서 오스트리아에 머물게 되었다. 이때까지만 해도 난 하나님이 나를 고치시기 위해 외삼촌을 미리 오스트리아로 보내 주셨고, 파독 간호사를 준비시켜 주셨다고 생각하고 여호와 이레의 하나님을 찬양하며 들떠 있었다.

유학생 비자를 만들기까지 외삼촌 집에서 지내게 되었다. 빈의 외삼촌 집에서 조금만 내려오면 슈테판 성당이 있었다. 젊고 예쁜 사람들이 지나다니며 활기가 넘치고 여기저기서 음악이 들려오는 그곳을 난 즐기지 못했다. 항상 우울한 표정의 얼굴과 머리는 멍한 상태로 통증에 찌들어 있었다. 그러던 어느 날 삼촌이 차를 태워 내가 등록한 학교라는 곳에 데려다주었다. 나는 피아노과 학생이 되어 있었다. 그리고 크리스마스 시장이 열리던 12월에 난 병원에 입원하였다.

드디어 수술할 수 있게 되었고 이 수술이 끝나면 난 다시는 통증 없이 살 수 있다는 희망 하나로 보호자 없는 병원 생활을 견딜 수 있었다. 수술 전 한국의 의료기록이 필요하다고 했다. 그런데 난 전국의 병원을 돌아다녀서 한 병원에서 꾸준히 진료한 의료기록이 남아 있지 않았다. 그래서 일단 내 머리에서 이상이 있다고 알게 된 강남 성모병원이 떠올랐다. 다른 병원은 단순 편두통이었으나 이 병원은 뭔가 발견한 병원이기 때문이었다. 그 병원에서 알게 된 것이 해면정맥동염증이었다.

일단 강남 성모병원 진료 기록지를 팩스로 받았고 그걸 참고하여 수술 준비를 하였다. 처음 입원했을 때는 당장 수술을 할 수 있는 줄 알았지만 여러 가지 검사와 준비 기간이 걸렸다. 수술 전 MRI를 촬영하는데 의사가 급히 뛰어와 나에게 잠깐 MRI 영상을 봐 달라고 했다. 그날은 파독 간호사 선생님이 근무를 안 하시는 날이었다. 의사는 내 뇌 속에 이상한 것이 보인다며 무엇인지 알겠냐고 나에게 물었다. 단층 촬영이기에 하얀 점이 군데군데 보이는 것이 내 생각엔 금침 같았다. 그래서 금침인 것 같다고 했더니 왜 이것이 머릿속에 있냐고 물었다. 난 한국의 민간요법으로 통증을 없애려고 넣었다고 했더니 의아해했었다. 그때는 한의학이 널리 알려졌을 때도 아니고 더욱이 민간요법이니 더더욱 이해가 안 되었을 것이다.

병원 생활은 힘들었지만 수술하면 통증이 없어진다는 희망을 품고 참을 수 있었다. 속옷도 자주 갈아입을 수 없으니 몰래 빨아서 널어놓았고 외삼촌, 외숙모가 병문안을 일주일에 한 번 정도 오시면 난 부족함이 없다고 잘 지내고 있다고 말해야 했다. 외삼촌께 부담을 드리고 싶지 않았기 때문이었다.

드디어 수술하는 날이 잡혔다. 나는 머리를 다 깎을 줄 알았는데 수술 부위만 잘랐다. 오른쪽 중심 가르마부터 오른쪽 귀 뒤까지 자르니 모습이 우스웠다. 수술 날 아침 오스트리아 한인교회 목사님이 오셔서 기도해 주시고, 외삼촌이 잘 될 것이라고 응원해 주셨다. 벌거벗은 몸에 시트를 하나 덮고 수술방으로 들어갔다. 내가 수술 시간은 얼마 예상되냐고 의사 선생님께 물었더니 4시간 정도라고 말해 주었다.

수술 후 나는 캄캄한 곳에서 깨어났다. 속이 거북해 욱하고 토를 했는데 피가 나와 당황해서 소리를 치니 조금 후에 간호사인지, 의사인지 한 사람이 왔다. 나는 수술이 끝났다고 생각하고 수술은 잘 되었냐고 물었다. 그 사람이 깨끗하게 제거가 되었다고 말했다. '이보다 기쁜 소식이 또 있을까!'라는 생각에 다시 한번 물었다. 역시나 깨끗하게 제거되었다고 웃으며 말해 주었다. 통증 없이 살 수 있다는 희망에 수술은 얼마나 걸렸냐고 물었다. 그랬더니 2시간이 조금 안 걸렸다는 것이다. 이상했다. 예상 수술 시간보다 절반이나 빨리 끝나다니……. '수술실에 들어갈 때 손목에 있던 환자 확인 띠를 자르고 이동하더니 혹시 환자가 바뀌었나? 아빠처럼 수술하려고 열었는데 불가능해서 바로 닫았나?' 다양한 의심이 몰려왔다. 회복실로 옮겨왔더니 외삼촌이 기다리고 계셨다. 외삼촌도 수술이 잘 되었다고 들었다며 다 잘 될 테니 안심하라고 하셨다. 그때까지는 너무 감사했다. '모든 고통을 오스트리아에서 끝내는구나. 이제 한국에 돌아가면 난 이제 새로운 삶을 살 수 있겠구나!'라는 기대감에 부풀어 있었다.

하지만 수술 후에 내가 모습을 보고 싶다고 하자 간호사가 아직은 안 된다며 거울을 보여 주지 않았다. 난 나의 변한 모습이 너무 궁금했다. 내 눈은 예전처럼 동그랗게 예쁘게 되었을까, 수술한 부위는 어떻게 되었을까…. 그래서 저녁에 몰래 일어나 화장실의 거울을 봤다. 이런… 이목구비가 없는 축구공이었다. 너무 놀라서 소리를 질렀더니 간호사가 왔다. 아직 부기가 빠지지 않아서 그렇다고 안심시켜 주었다. 수술 부위 부기가 빠지기 시작했고 얼굴의 윤곽이 보이기 시작했는데 얼굴이 비대칭이 되어 있었다. 오른쪽 관자놀이 쪽이 함몰되어 있었다. 눈은? 여전했다···. 시간이 얼마나 지나고 일반실로 내려와 병원 생활을 계속했다.

아침 식사는 빵과 커피. 병원식이 빵과 커피일 줄은 정말 몰랐다. 물론 차도 있었다. 아침 식사는 병원 로비에서 모두가 같이 먹는다. 아침에 갓 구운 빵이 너무 맛있었다. 점심과 저녁은 다양한 오스트리아 음식이 나오는데 모두 맛있었다. 원래 병원식은 맛이 없다고 하지만 나는 모든 음식이 특식처럼 느껴졌다. 그런데 저녁을 5시에 주고 간식이 없어 다음 날 아침까지 배가 너무 고파 가끔 아침에 빵을 냅킨에 싸서 가지고 와 저녁에 간식으로 몰래 먹기도 했다.

그러나 수술한 지 몇 달이 넘도록 나는 병원에서 수술 끝나고 맞은 진통제를 계속 맞고 있다는 생각이 들었다. '수술하면 2주 후에 다 퇴원을 하는 것 같은데 왜 난 계속 진통제를 링거로 맞고 있는 거지?'라는 생각이 불현 듯 들었다. 그래서 의사에게 물었더니 자신들도 이상하게 생각하고 있다고 했다. 그러면서 다시 검사해 보자는 것이었다. 그리고 다시 의사 선생님이 MRI 영상을 봐달라며 나를 의사실로 데리고 갔다. 분명 심장 부분인데 뭔가 하얗고 가늘고 긴 것이 보였다. 금침이었다. 왜 이것이 여기서 보일까 하며 고개를 갸우뚱했다. 그건 나도 마찬가지였다. '뇌 수술할 때 내려왔나? 왜 그 금침이 떠돌아다니나···.' 그 후에 오스트리아 의사 선생님들이 내린 결론은 진통제 중독과 향수병이라는 결론을 내렸다. 내가 오래전부터 먹고 있었던 진통제가 중독되어 수술이 잘 되어 아프지 않은데도 계속 진통제를 몸이 부르고 있는 것이라는 결론과 내가 가족들이 있는 한국에 너무 돌아가고 싶어 마음의 병이 생긴 것이라는 결론이었다.

나는 병원에 한국으로 돌아가겠다고 하고 외삼촌에게 부탁해서 비행기 표를 구해 달라고 했다. 외삼촌은 오스트리아에서 낫고 가자고 하셨지만 난 희망이 보이지 않았다. 차라리 말이라도 통하면 편하겠는데 어려운 의학 용어를 알아듣기도 힘들고 그렇다고 파독 간호사님 오실 날만 기다리는 것도 힘들었다. 그리고 결정적으로 외국에서 힘들게 사시는 외삼촌에게 짐이 되는 것 같아서 한국으로 가겠다고 했다. 그렇게 건강해져서 가겠다는 나의 꿈은 깨지고 한국 돌아오는 가방에는 다양한 진통제를 가방 가득 넣어왔다. 각종 먹는 진통제, 혀 밑에 녹여 먹는 진통제, 좌약 진통제, 바르는 진통제 등등….

15일 계획으로 떠났던 배낭여행은 11개월 만에 끝이 났다. 건강한 모습을 기대했던 엄마는 공항에서 나를 보고 멀리 타국에서 고생했다고 많이 우셨다. 난 엄마에게 건강한 모습으로 오지 못해 미안하다고 울었다. 그리고 그 길로 서울대학교병원으로 갔다. 하지만 그곳에서는 자신들의 병원에서 수술하지 않았기 때문에 책임질 수 없다는 말을 했다. 이대로 있을 수가 없어 삼성병원으로 갔고 그 병원에서 처음부터 다시 시작해 보자는 말을 듣게 되었다. 그리고 다시 MRI를 촬영했는데 종양이 있다는 것이다.

뭔가 이상했다. 배낭여행을 가기 전까지는 뇌에 종양이 없었다. 그런데 오스트리아에서 뇌에 종양이 있다고 했다. 그래서 뇌종양 제거 수술을 했다. 그런데 한국에 돌아오니 다시 뇌에 종양이 있다고 한다. 어떻게 이런 말도 안 되는 상황이 있나 싶었다. 이런 경우는 무슨 경우냐고 물었더니 종양 제거 수술이 완벽하지 못했거나, 완벽하게 수술을 했는데 자랐거나라고 했다. 정말 이해가 안 되었다. 없었던 종양이 갑자기 생겨서 수술하고, 수술했는데 그 몇 달 사이에 또 자랐다는 건가…. 그럼 어떻게 해야 하는지 의사 선생님께 물으니 같은 자리를 두 번 수술할 수 없어 감마나이프 방사선 수술을 해 보자고 하셨다. 뭐라도 해 보자고 하시는 그 말씀이 너무 감사했다. 그리고 감마나이프 수술을 받았다. 머리를 고정하는 틀이 꼭 프랑켄슈타인같이 보였지만 뭐라도 할 수 있다는 것에 감사했다. 방사선 수술은 실패는 없다고 했다. 일단 종양을 괴사를 시켰으니 더 크지는 않을 것이고 100% 성공이면 점점 줄어들어 사라질 것이라고 했다. 2003년에 감마나이프를 했고 6개월마다 추적관찰을 했으나 줄어들지 않았다. 18년 만인 2021년 뇌종양이 보이지 않는다는 소견을 들었고 산정특례 대상에서 제외되었다.

사실 엄마에게 금전적인 부담을 주고 싶지 않아 선택한 오스트리아 수술이었다. 하지만 엄마는 빚을 내서 외삼촌에게 수술하라고 2천만 원을 보냈다고 한다. 한국의 의료보험 제도에서 수술했으면 말도 통하고, 보험도 되고, 수술 자국도 이렇게 크게 나지 않고(나중에 안 사실인데 한국 수술 자국보다 크다고 한다), 후속 치료도 연결해서 받을 수 있었을 것이라는 원망 아닌 후회를 해 본다. 그리고 궁금해졌다. 왜 하나님은 나를 오스트리아까지 가서 수술을 받게 하셨을까? 결론은 하나였다. 다양한 경험을 겪게 해서 이런 아품을 겪고 있는 사람들에게 위로가 되게 하시려고 준비하시는 것이다. 내가 상처받은 치료자의 사명이 있나 보다.

　나의 오스트리아 수술의 비밀을 알고 있는 외삼촌은 우리 신랑이 천국 가기 전 우연히 한국에 출장을 오셨다가 신랑의 천국 가는 길에 화환도 사 주고 나의 슬픔을 함께해 주셨다. 그리고 2년 후 외국에서 회의 중에 심장마비로 신랑처럼 천국에 가셨다. 엄마의 8남매 중 마지막 막내가 제일 먼저 천국에 가셨다. 태어난 순서는 있어도 가는 순서는 없다며 엄마도 많이 슬퍼하셨고 그때 아흔 살이 넘으신 외할머니는 100세에 돌아가실 때까지 막내 외삼촌의 사망 소식을 모른 채 돌아가셨다. 오스트리아 수술에 대한 비밀은 이제 누구에게도 물어볼 수가 없게 되었다. 이것 또한 하나님의 계획이신가 싶다.

이름을 바꿨는데도
남편이 결혼 2주년을 못 넘기고
아들 돌잔치도 보지 못하고
은우가 태어난 지 4개월 만에 천국에 갔다.

혹시 내가 개명하지 않았다면
희귀난치성 질환에 걸려
죽었을 수도 있지 않을까.
내가 개명해서
그나마 아들 하나는 낳고
신랑이 죽었을까 하는
스스로 위안을 해 본다.

이름으로 팔자까지 바꿔 봅니다

◐

"감사할 줄 모르는 사람은 결코 행복할 수 없다."

– 안네 프랭크

내 이름은 고미화였다. 높을 고(高), 아름다울 미(美), 꽃 화(花). 그리 나쁘지 않은 이름이고 한자로도 예쁜 꽃이니 맘에 들었다. 어느 날 엄마에게 내 이름엔 어떤 의미가 있는지, 왜 아빠는 내 이름을 미화라고 지었는지 물었다. 그랬더니 다른 의미는 없고 내가 태어났는데 아빠가 장미화라는 가수를 좋아해서 그냥 미화라고 하자고 했다는 말을 듣고 허탈했다. 큰 의미가 있고, 고심해서 지어진 이름이었으면 좋았을 것을…. '그냥 좋아하는 연예인의 이름을 따서 붙여진 이름이구나.' 하며 실망했었다.

하남 이모 집 옆 지하 단칸방에서 임용고시를 준비하고 있을 때였다. 시험을 몇 달 안 남겨두고 있었는데 엄마가 전화하셔서 대뜸 이름을 바꿔야 한다고 하셨다. 무슨 뚱딴지같은 소리냐며 의아해하니 엄마가 이야기를 들려주셨다.

엄마는 시골에서 팥죽 장사를 하고 계셨다. 겨울이라 날씨가 추웠는데 마을에서 처음 보는 달마 도사를 닮은 분이 팥죽 한 그릇을 주라고 가게로 들어왔단다. 엄마는 날씨가 너무 추우니 밖에서 먹지 말고 안에서 먹으라고 방으로 안내했다. 우리 집 방에는 가족사진, 대학교 졸업사진 등 사진이 많이 걸려 있었는데 내 졸업사진을 보면서 "딸이 참 예쁘네요."라고 하더란다. 그러자 엄마는 "이쁘면 뭐 합니까? 아파서 7년 반이나 걸려 대학교를 졸업한 사진입니다." 하자 그분이 내 이름과 생년월일을 물어보셨단다. 엄마가 알려 줬더니 사주풀이를 한 후에 이름을 바꾸는 것이 좋겠다고 신중하게 말을 했단다. 이유를 물으니 이름을 고치지 않으면 계속 아프고, 관운도 없고, 뭐든지 안 좋다고. 한마디로 팔자가 사납다고 했는데 결정적인 것은 남편이 일찍 죽는다는 것이었다. 엄마는 다른 것도 듣기에 불편하고 마음에 안 들었지만, 남편이 일찍 죽는다는 것이 제일 싫었단다. 남편이 일찍 죽어 혼자서 아이들을 키우는 것이 얼마나 힘든지 엄마는 알기 때문에 그것을 딸에게 물려주고 싶지 않아 이름을 당장 바꿔 달라고 하였단다. 이런 내막으로 10만 원을 주고 바꾼 이름이 고나원이다. 높을 고(高), 빛날 나(羅), 원할 원(願).

엄마에게 권사님이 이런 것을 믿고 이름을 고치면 되느냐고 했더니 성경의 인물들도 이름을 바꿨다고 하셨다. 아브람을 아브라함으로 사래를 사라로, 야곱을 이스라엘로. 손해 볼 것 없으니 엄마가 하라는 대로 하자고 했다. 항상 그랬던 것처럼 이 병원 가자고 하면 가고, 이 기도원 가자고 하면 갔던 것처럼 이름을 바꾸자고 하면 난 또 바꿨다.

이름 개명신청을 하고 하남 이모와 함께 이름을 새긴 은목걸이를 만들어 걸고 다녔다. 숟가락, 젓가락에 이름을 새기고 그것으로 식사를 했다. 왜 이래야 하냐고 했더니 많이 불리고 많이 써져야 한다고 했다. 그렇게 점점 고미화에서 고나원으로 바뀌어 갔다. 임용고시 원서를 접수할 때는 고미화로 원서를 접수했는데 개명신청이 받아들여져 고나원으로 합격통지서를 받게 되었다. 원서 접수 때 이름과 합격통지서의 이름이 달라져 혼선이 있기도 했다. 1급 정교사 자격증을 받을 때도 2급 정교사 자격증에는 고미화로 되어 있어서 2급 정교사 자격증을 분실 신고하고 다시 개명한 이름으로 발부받아 1급 정교사 자격증을 받는 소동도 있었다.

  개명 덕분인지 임용고시에 합격하니 다들 이름 바꾸기 잘했다고 하면서 앞으로 좋은 일만 있을 것이라고 했다. 이로써 아파서 죽는다는 고미화는 고나원 선생님으로 신분 세탁이 되었다. 이 때문에 초등학교, 중학교, 고등학교, 대학교 친구, 동기, 후배들은 나를 찾을 수가 없게 되었다. 사회관계망 서비스 어디에도 고미화는 없기 때문이다. 가끔은 혹시 친구들이나 동기, 후배들이 나를 찾지 않을까 궁금하기도 하고 나의 인간관계를 더 넓히고 싶을 때도 있어 아쉽기도 했다.

  황보름 작가의 장편 소설 『어서 오세요, 휴남동 서점입니다』에서 사회적으로 성공하진 못했을지라도 좋은 사람이 주변에 많은 삶이 성공한 삶이라고 생각하면 그 사람들 덕분에 매일매일 성공적인 하루를 보낼 수 있다고 한다. 과거의 인간관계보다 현재 내 주변의 좋은 사람이 많으므로 나는 내 이름을 바꾼 것에 대해 더 후회하지 않기로 했다. 고나원으로 바뀐 후에 만난 인연들을 더 소중하게 생각하며 관계를 유지하면 되기 때문이다. 내 삶에 만날 사람이 더 많은데 과거에 연연하면 뭐가 도움이 되겠는가?

그럼 고미화로서의 삶이 아닌 고나원으로서의 삶은 어떠한가? 사납다던 팔자가 평탄해졌을까? 일단 임용고시는 합격해서 원하고 꿈꿨던 선생님은 되었다. 하지만 교사가 된 후로도 건강은 좋지 않았고 희귀난치성 질환에 걸렸다. 분명 개명했으니 아프지 않아야 하는 것이 아닌지 의심스럽기도 하다. 하지만 '사람이 안 아플 수는 없을 테니까.'하고 생각하더라도 '희귀 난치성 병은 너무 하지 않나.'라는 생각이 들었다. 더 결정적인 것은 남편이 일찍 죽는다는 말에 이름을 바꾸기로 한 것인데 이름을 바꿨는데도 남편이 결혼 2주년을 못 넘기고 아들 돌잔치도 보지 못하고 은우가 태어난 지 4개월 만에 천국에 갔다. 그럼 억울해해야 하나? 그 달마 도사 닮은 사람을 사기꾼이라고 고소라도 해야 하나?

아니다. 난 연예인의 이름을 따 그냥 지어진 이름에서 나에게 좋다는 의미를 담은 빛나길 원하는 이름 고나원이 된 것에 의미를 부여한다. 그리고 사람들에게 소개할 때 이름을 고나원이라고 하면 개명한 줄 모르는 사람들은 이름이 예쁘다, 부모님이 세련되셨다 등 칭찬을 해 주셔서 감사하다. 혹시 내가 개명하지 않았다면 희귀난치성 질환에 걸려 죽었을 수도 있지 않을까. 내가 개명해서 그나마 아들 하나는 낳고 신랑이 죽었을까 하는 스스로 위안을 해 본다.

어떤 벌어진 상황에 대해 그것을 부정적으로 바라볼지 긍정적으로 바라볼지 결정은 내가 하는 것이다. 이미 이름은 바뀌었는데 그것을 가지고 남 탓하고 억울해하거나 부정적으로만 생각하는 것은 어느 부분으로도 좋지 않다. 그냥 받아들이고 좋은 면을 더 많이 찾아서 나쁜 점을 덮어 주는 수밖에 없다.

달마 도사 덕분이든 엄마 덕분이든 나는 귀한 의미를 담은 나에게 좋다는 이름을 가진 고나원 선생님이다. 그 이름처럼 앞으로는 빛나길 원하는 내가 하나님 앞에, 사람들 앞에서 빛나는 나원으로 나아갈 수 있길 기도한다.

고나원 개명

골수가 일을 안 한다네요

"우리가 무슨 생각을 하느냐가 우리가 어떤 사람이 되는지를 결정합니다."

– 오프라 윈프리

첫 발령지는 빌라촌 안에 있는 중학교였다. 여러 우여곡절 끝에 꿈을 이룬 교사로서의 첫발을 딛는 학교이기에 애정이 많았다. 일단 자취방을 학교 앞 빌라로 구하고 근처 교회도 등록했다. 아침에 출근할 때 일단 진통제를 먹고 두통을 잠재워 시작하고 학교에서 급식을 먹은 후 진통제를 또 먹고 오후 퇴근 시간쯤 한번 먹고, 잘 때는 진통제와 수면제를 동시에 먹었다. 이렇게 약을 먹으면서도 출근하는 것이 행복했고 아이들과 함께하는 것이 즐거웠다. 주말이면 우리 반 아이들이 우리 집에 모여 떡볶이 해 먹고, 라면 끓여 먹으며 근처 산에 산책하러 가는 즐거움이 있었다. 성탄절에는 부모님들이 바쁘셔서 혼자 지내야 하는 아이가 있다는 것을 알고 우리 반 아이 중 부모님 동의를 받은 아이들과 함께 성탄 이브에 우리 집에 모여 성탄 파티를 하고 1박 2일을 했었다. 좁은 자취방에 열 명이 넘는 아이들이 북적북적하면서 노는 것이 나는 좋았다.

사시 수술을 하고 자취방에 왔는데 머리를 감을 수 없어 힘들어할 때도 제자들이 놀러 와서 머리를 감겨 주기도 하고, 엄마와 싸우고 가출했다고 나온 아이가 우리 집에 오면 몰래 부모님께 전화해서 달래서 보내고 할 정도로 우리 집은 학생들의 아지트같이 허물없는 곳이었다.

그러던 중 교사가 된 지 3년이 된 어느 3월 말 아침에 출근 준비를 하는데 눈앞이 뿌옇게 잘 보이질 않았다. 처음엔 잠이 덜 깨었나 싶어 눈을 비비고 출근을 하였다. 조회 들어갈 때도 눈이 불편했지만 좋아지겠지 생각했다. 그런데 1교시 수업을 들어가서 수업을 시작해도 책이 보이지 않는 것이었다. 뭔가 잘못된 것을 느끼고 아이들에게 양해를 구하고 다른 선생님께 수업을 부탁하고 교감 선생님께 갔다. 현재 상황을 말하고 조퇴를 한 후에 동네 안과를 갔더니 큰 병원으로 가라고 했다. 다시 나와 지역 대학병원으로 갔더니 그날은 망막 보시는 선생님이 안 계시다며 다른 병원으로 가라고 했다. 어쩔 수 없이 뇌종양 감마나이프 수술을 했던 삼성병원으로 가기 위해 택시를 탔다. 눈이 점점 뿌예지면서 앞이 보이지 않기 시작했다.

응급실로 들어가 증상을 이야기하자 피검사를 하셨다. 결과가 나올 때까지 잠깐 눈을 붙인다는 것이 잠이 들었나 보다. 의사 선생님이 오셔서 보호자를 찾으셨다. 난 나이가 서른이 넘었는데 왜 보호자가 필요한지 이해가 안 되었다. 의사 선생님께 엄마는 시골에서 차 타고 오시려면 7시간이 넘게 걸리니 나에게 이야기를 하라고 했지만, 보호자와 상의를 해야 한다고 했다. 엄마에게 전화했더니 엄마가 올라오시는 데 시간이 걸리니 이모에게 먼저 가 보라고 하셨는지 이모가 오셨다. 엄마가 도착하고 의사 선생님과 이야기를 한 결과를 나에게 들려주시는데 첫 마디가 "힘들겠단다." 하시며 우셨다. 그때 나는 내가 해 보고 싶은 선생님이 되었으니 천국에 가도 되겠다는 생각이었고 미련이 없었다.

자세히 들어보니 내 피검사 결과 백혈구, 적혈구, 혈소판 치수가 정상인의 1/10이 안 된다는 것이다. 이런 몸으로 어떻게 살았는지 신기하다고 했다. 사실 그때 몸이 힘들긴 했다. 주말이면 아이들과 떡볶이 해 먹고 라면 먹고 가던 뒷동산 산책이 힘들어 포기했고, 2층 교무실에서 5층 교실로 수업하러 계단을 올라갈 때도 숨이 찼었다. 그럴 때면 속으로 '저질 체력이네!' 하며 다녔었다. 부딪힌 적도 없는데 몸에 멍이 많이 생기기도 했다. 그런데도 그러려니 하고 선생님 생활에 푹 빠져있었다.

결정적인 것은 망막의 핏줄이 터진 것이다. 그것도 건강한 눈의 핏줄이 터지니 앞이 안 보인 것이다. 망막의 핏줄이 터지지 않고 다른 곳의 핏줄이 계속 터졌거나 원래 시력을 잃은 눈의 핏줄이 터졌다면 나는 내 병을 알지 못했을 것이다. 이 또한 다행이고 감사할 일이었다. 나는 바로 무균실에 입원이 되었다. 엄마는 손가락을 펼치며 몇 개냐고 물으셨으나 난 보이지 않는다고 하니 놀란 엄마는 털썩 주저앉으셨다. 선생 되었다고 좋아했는데 앞이 안 보인다고 하고 고치기 힘든 병이라고 하니 모든 희망이 꺼지신 것이었다.

병명은 희귀난치성 질환 재생불량성 빈혈이었다. 골수 검사를 하니 피를 만들고 있어야 할 골수가 텅 비어 있다고 한다. 한마디로 골수가 자기 일이 무엇인지 모르고 할 일을 안 하는 것이었다. 골수가 왜 일을 안 하는지 그것 또한 알 수가 없었다. 그때부터 나는 수혈을 받기 시작했다. 그때까지

나는 피가 빨간색이라고만 생각했는데 피는 빨간색 피뿐만 아니라 노란색 피도 있다는 것을 알았다. 이유를 물으니 노란색 피는 혈소판이었다. 혈소판이 들어가서 제 기능을 해야 내 눈의 터진 핏줄이 흡수되어 그나마 시력을 회복할 수 있다고 했다. 일단 한 눈이라도 앞을 보이게 해야 하는 것이었다. 물론 100% 깨끗하게 될지는 모르겠다고 하셨지만, 흔적만 남고 시력을 찾아도 난 괜찮다고 했다.

오빠는 우선 그 병이 무엇인지 알아야 한다며 재생불량성 빈혈이 무엇인지 왜 발병하는지, 치료법은 무엇인지 등등을 인터넷에서 찾아서 파일로 만들어 왔다. 그리고 골수이식 검사를 위한 골수 검사를 했는데 일치하지 않는다고 했단다.

병원에서는 골수이식 수술을 위한 골수 기증자를 찾고 있었고 나의 병원 생활은 날마다 피검사를 하고 수혈을 받는 것이었다. 그러면서 병원에서 지내는 동안 왼쪽 눈의 시력이 점점 돌아왔다. 망막의 터진 핏줄이 점점 흡수되어 흔적만 남았다. 엄마가 다시 손가락을 펼치며 몇 개냐고 묻자 내가 다섯 개라고 했더니 엄마가 안심의 미소를 지으셨다. 시력은 돌아왔으나 나의 적혈구, 혈소판, 백혈구 수치는 정상 수치에 한참을 못 미치는 정도였다.

그때 유럽에서 의약 파동이 있었다. 내가 먹어야 할 약이 들어오지 않고 있었고 만약 보험 없이 개인적으로 사려고 한다면 한 알에 몇십만 원에서 몇백만 원이 될 수도 있다고 했다. 병원에서 할 수 있는 일은 수혈뿐이라는 것을 알고 일단 퇴원하기로 했다. 퇴원해서 이모 집에 머무르는데 이모들은 빈혈에 간이 좋다며 정육점에서 고기 잡는 날이 되면 간을 사서 맛있게 삶아 오시는 등 지극정성으로 병간호해 주셨다. 병원에서 받아온 약을 먹고, 정기적으로 수혈을 받으러 가고 하다 보니 어느덧 병가 두 달을 다 쓰게 되었다. 병가를 다 쓰면 병 휴직을 해야 했다. 하지만 병 휴직일 경우 복직의 조건이 병 휴직의 사유가 완전히 사라져야 한다는 편람을 읽었다. 하지만 그때까지만 해도 내가 이 병을 이겨 낼 수 있을 거라는 자신이 없었다. 그래서 난 복직을 하기로 했다. 그때 주치의 선생님께서 내가 연구직이라 연구실에서 혼자 일을 할 것이라면 복직을 허락하겠는데 난 교사이고 교실에 어떤 병균과 세균을 가지고 있는 학생이 있는지 알 수 없으니 위험하다고 말리셨다. 하지만 내 의지는 강했다. 난 내가 좋아하는 일을 하다가 죽으면 행복할 것 같았다. 아무것도 하지 않고 병 낫기를 기다리는 것보다 좋아하는 일을 하다가 삶을 마무리하는 것이 더 값질 것 같았다. 누가 막으랴 나의 고집을. 그렇게 나는 복직을 하였다.

복직한 지 얼마 되지 않아 전국적으로 신종플루가 유행하게 되었다. 의사 선생님은 백혈구 수치가 낮아 위험하다며 휴직을 하라고 하였지만 난 꾸준히 출근하며 일상생활을 보냈다. 물론 의사 선생님과의 약속대로 토요일이 되면 응급실에 와서 수혈을 매주 받았다. 수혈이 쉬운 일이 아니었다. 수혈이 시작되면 이유는 모르겠지만 뇌수술 부위가 엄청 아파 왔다. 그래서 항상 수혈이 시작되면 바로 진통제도 함께 투여하고 1박 2일을 병원에서 보낸 후 퇴원하는 것을 반복하였다. 그렇게 한 두 달 근무하였다. 그때는 매주 토요일이 쉬는 것이 아니었고 한주는 출근하고 한주는 쉬었다. 그런데 출근하는 토요일에 근무 후 수혈을 받으러 갈 때는 왕복 3시간 지하철이 너무 힘들어 택시를 타곤 했는데 택시비와 병원비까지 만만치 않았다. 그래서 한주는 그냥 병원을 안 가고 집에서 쉬었다. 한주 수혈을 받지 않고 2주 만에 갔을 때 수치가 궁금하기도 했다. 그런데 2주 만에 가서 수혈을 받는데 그렇게 크게 수치가 나빠지지 않았다. 다행이라 생각하고 앞으로 2주 만에 한 번씩 가는 것으로 했다. 그러다 내 맘대로의 실험을 또 감행했다. 4주 만에 한 번도 괜찮지 않을까? 하는 생각에 의사 선생님과의 상의도 없이 4주 만에 갔는데도 수치가 떨어지지 않았다. 이제 한 달에 한 번으로 간격은 더 벌어졌다.

응급실에서 수혈하면서 만난 사람들은 다들 같은 병으로 또는 비슷한 병으로 만났기에 서로를 더 잘 이해할 수 있었다. 한번은 건장한 남자가 옆 침대에서 수혈을 받고 있었다. 자신은 포토샵을 하는 사람인데 연예인 사진을 편집한다고 했다. 얼마나 티 나지 않게 작업하는지가 중요하다고 설명해 줬다. 자신의 싸이월드 주소를 알려 주길래 받아 적어 왔는데 몇 달 후에 그분이 하늘나라로 갔다는 소식을 가족이 싸이월드 대문을 통해 알려 주었다. '내 병이 이런 병이구나.'라고 생각하니 무섭기도 했지만, 오늘 하루 열심히 살아야겠다는 다짐을 하게 해 주었다.

약도 나에게는 실험대상이었다. 면역억제제라는 이름을 난 이해할 수가 없었다. '면역을 도와줘야지, 왜 억제를 하는 약을 먹지?'라는 생각과 약이 어찌나 컸는지 약 먹는 것이 습관인 나에게도 그 약은 먹기가 힘들었다. 그래서 의사 선생님의 허락을 받지 않고 그냥 하루씩 걸러서 먹었다. 그런데도 혈액 수치에 큰 지장이 없어서 이번엔 안 먹어버렸다. 그래도 혈액 수치에 큰 지장이 없었다. 아마 의사 선생님은 내가 약을 꾸준히 먹어서 좋아졌다고 생각하실 수도 있는데 그것은 아니라는 것을 이 글을 통해 밝혀본다.

자연스럽게 정상 수치는 아니지만, 위험한 수치가 아닐 때 수혈을 끊었고, 정기적으로 병원 진료를 받기로 했다. 그리고 결혼을 하게 되었고 임신을 하게 되었다. 첫 아이를 유산할 때는 몰랐던 나의 몸 상태를 돌아봐야 했다. 하지만 혹시 의사 선생님이 아이를 갖는 것이 위험하다고 할지도 모른다는 생각이 들어 일단 임신하고 의사 선생님을 찾아갔다. 축통이가 자리를 잘 잡고 무럭무럭 커 가고 있을 때 의사 선생님이 이렇게 말씀하셨다.

"뱃속의 아이가 엄마를 살린 것 같네요!"

이것이 모성의 힘인가? 내가 축통이를 뱃속에서 살리기 위해 온 힘을 다해 혈액을 만들어 내고 있는 것이리라. 축통이에게 감사하고 엄마가 되게 해 준 신랑에게도 감사했다.

골수이식 수술 없이 난 아직도 살아 있고 내가 좋아하는 학생 가르치는 일을 하며 지내고 있다. 남들이 위험하다고 안 된다고 하지 말라고 할 때도 나는 단순하고 자유롭게 생각했다. **한 번 태어나면 한 번 죽는 것은 당연한데 좋아하는 일, 의미 있는 일을 하면서 죽어 가야 한다고.** 이것이 내가 아직 살아 있는 그리고 살아가는 이유인 것 같다.

내 몸에 지나가는 질병들

◖

"매일 감사할 것을 찾으세요. 그것이 당신의 인생을 변화시킬 것입니다."

– 토니 로빈스

신랑이 천국으로 간 후 나는 서울 오빠 집 옆으로 이사를 했고 집에서 가까운 학교로 옮겼다. 경기도 교육청 소속이기에 경기 남부에서 경기 북부로 옮긴 것이다. 경기 남부에서는 모임도 하고 있었고, 학급운영, 협동학습 강의도 나가고 있어 아는 사람들이 있었는데 경기 북부에 오니 아는 사람 한 명 없는 외로운 교사가 되었다. 복직한 첫 학교는 신랑이 천국 간 지 4개월 만에 출근한 건데 출근길에 군복 입은 사람들이 너무 많이 보였다. 학교 옆에 병무청과 예비군 훈련장이 있었기 때문이다. 난 신랑의 군복 입은 모습을 가장 좋아했고 신랑의 모습을 잊을 수가 없었다. 군복을 입고 지나다니는 사람들을 보면서 그중에 신랑이 있나 찾고 있는 어이없는 모습에 스스로 놀라고 있었다. 일주일에 수업이 24시간으로 3학년 담임에 업무는 장학업무였다. 도저히 감당해 낼 수 없는 업무량이었다. 수업시수도 많은데 공강 시간에는 우리 반 아이들이 사고를 쳐서 사건 처리하면 다음 수업에 들어가야 하는 쉴 수 없는 나날이었다. 돌도 안된 은우를 어린이집에 맡기고 출근하는 것도 마음이 아프고, 지친 몸으로 집에 가서 아이를 돌보는 것도 힘들었다. 물론 친정엄마가 칠십 평생 산 고향을 떠나 딸과 손자를 돌보겠다고 서울로 오셔서 같이 살고는 있었지만, 의지가 되는 것은 그뿐, 마음의 고통은 더 커갔다. 나 때문에 고향을 떠나 아는 사람 없는 서울에서 엄마를 생활하게 한다는 미안함과 내 팔자 때문에 오빠를 힘들게 하지 말라는 엄마의 모진 말에 대한 원망이 함께 공존하며 힘든 생활을 보내고 있었다.

힘든 학교생활을 하면서 '그래, 몸이 힘들어야지 신랑 생각을 안 하고 일할 수 있지.'라고 위로해 보다가, 출근길마다 보는 군복 입은 남자들을 보면서 '그래, 이렇게라도 신랑 생각하게 해 주네.'라는 말도 안 되는 생각도 하다가 지쳐 버렸다. 복직한 지 2개월 만에 도저히 안 되겠다는 생각에 병가를 냈다. 담임 반 아이들에게는 미안했지만 쉬었다가 건강한 몸과 마음으로 출근해서 더 많은 사랑을 주겠노라 생각했다. 다행히 고등학교에서 근무하시던 기간제 선생님이 연결되었고 기독교인이셔서 더 믿음이 갔다. 그렇게 여름방학이 다가오고 있어 복직하고 2학기를 맞이하려고 하는데 학교에서 복직할 것이냐고 연락이 왔다. 지금 근무하시는 선생님이 2학기 때도 계실 수 있다고 하니 더 쉬는 것이 어떻겠냐고 하셨다. 난 우리 반 아이들에게 혼란을 주기 싫어서 지금 근무하시는 선생님이 계속 근무하실 수 있다면 육아휴직 6개월을 사용하겠다고 했다. 그런데 나중에 2학기 시작 전에 갑자기 기간제 선생님이 고등학교와 계약을 하기로 했다며 학교를 옮기신다고 했다. 그리고 새로운 선생님이 오시기로 했다고 해서 아이들에게 얼마나 미안했던지, 담임이 세 명이 되는 상황을 만든 것 같아 너무 미안했다. 정말 나는 그 기간제 선생님이 2학기 때까지 책임을 져 주신다는 약속을 믿고 육아휴직을 한 것이었는데….

육아휴직 후 다시 복직해서 시험감독을 하던 어느 날이었다. 시험감독 중이었는데 하늘이 빙글 돌더니 중심을 잡을 수가 없어 쓰러지게 되었다. 부감독 선생님께 감독을 부탁하고 택시를 불러 바로 병원으로 향했다. 병원에서 링거를 맞고 내린 병명은 메니에르 의증이라고 하셨다. 그렇게 몇 번의 어지럼증을 경험하고 경기 북부 첫 학교에서 5년을 근무하고 다른 학교로 전근을 갔다. 1년에 한 번은 어지럼증약을 먹는 것이 연례행사가 되었다.

전근을 간 후, 여름방학 때 나는 이전 학교에서 근무를 같이한 선생님들과 만날 약속을 하고 약속 장소에 나갔는데 선생님들이 내 얼굴을 보면서 왜 이렇게 살이 빠졌냐면서 깜짝 놀랐다. 살이 빠졌다고 하면 칭찬으로 들려야 하지만 그때 내 얼굴은 피골이 상접해 보일 정도로 건강한 상태는 아닌 것 같았다. 사실 나는 재생불량성 빈혈을 진단받은 사람이라 몸이 안 좋을 때마다 피검사를 해서 백혈구, 적혈구, 혈소판 수치는 점검하는데 몸무게가 빠지는 것에 신경은 안 쓰고 있었다. 만성피로를 느끼고 있어서 항상 2월이면 한약을 한 재 먹은 후 기운을 차려 3월 개학을 맞이했다. 5월은 신랑 생일이 있고, 가족의 달이라 꼭 마음의 병이 심해지고 10월은 신랑 기일이 있는 달이라 아프곤 했다. 하지만 선생님을 만난 달은 여름방학 때라서 마음의 여유가 있는 달이었다.

솔직히 살이 빠져서 기분은 좋았는데 얼굴 살이 아픈 사람처럼 빠져서 안 예뻐진 것 같다고는 느끼고 있었다. 결혼하고 아이를 낳고 찐 살과 소위 나잇살이라는 것이 별로 힘들이지 않아도 빠지니 다행이라고 생각했었다. 하지만 선생님들이 걱정해 주셔 병원 진료를 받으러 갔다. 내가 갑자기 살이 5kg 정도 빠졌다고 하니 의사 선생님이 피검사를 해 보자고 하셨고, 검사 결과 갑상선 문제라고 하셨다. 나의 다양한 병력을 보시며 상급 병원에 진료의뢰서를 써 주시면서 갑상선 전문의사 선생님을 추천해 주셨다. 다시 종합병원에 가서 피검사를 해 보았고 갑상선 기능항진증이라는 진단을 받았다. 진단을 받고 갑상선 기능항진증을 검색해 본 후에야 왜 내가 그렇게 피곤했고 기운이 없었는지, 왜 에너지를 쥐어짜야 했는지, 왜 더 우울해지는 감정이었는지를 알게 되었다. 다행히 치료는 간단했다. 약을 먹으면서 치료를 하면 된다고 하셨다. 다음 진료 예약일 일주일 전에 피 뽑고 일주일 후에 진료받으면 되는 것이었다. 출근해야 하니 토요일에 피 뽑아 검사하고 그다음 토요일 진료를 받으면 출근에 전혀 지장이 없어 편했다. 뭐 병명이 나왔고 약으로 치료된다면 나에겐 아주 간단한 병이라고 생각한다. 약을 먹으니 몸무게가 원상 복귀되기 시작했다. 그런데 쪄도 너무 찌는 것이다. 일주일에 1kg씩 찌니까 원상 복귀를 넘어 살이 너무 쪄서 부담스러울 정도가 되었다. 이것 또한 정상이 아니지 않나, 이게 맞나 싶을 때 정기검진 검사 때가 되어 다시 병원에 갔는데 이번에는 갑상선 기능저하증이라고 했다. '내 갑상선 호르몬은 약에 반응을 너무 잘하는구나!' 웃음이 나올 정도였다. 갑상선 기능항진증에서 이번에는 기능저하증 약으로 바꿔 먹었다. 그러자 더는 살이 찌지 않았으나 찐 살은 빠지지 않았다. 무거워진 몸이 부담스러웠다. 다양한 운동을 해 보았지만, 살은 좀처럼 빠지지 않았다. 그 후로 정기검진 때 갔더니 의사 선생님께서 약을 먹기도, 안 먹기도 어중간한 상황이라고 말을 하시길래 난 안 먹는 것으로 선택을 했고, 그다음 검진 때도 똑같은 상황이라고 하길래 난 더 진료를 받지 않겠다고 하고 병원을 나왔다. 차라리 갑상선 기능항진증이 되어 몸무게를 원래로 돌려놓고 멈췄다면 좋았겠다는 농담이 나올 정도로 이 병은 나에게 하나의 해프닝으로 끝났다. 하지만 지금도 몸이 많이 피곤하면 혹시 갑상선에 이상이 또 생겼나하고 피검사를 해 보기는 한다. 나의 몸 상태를 확인하는 체크리스트 하나가 늘었을 뿐이다. 단지 그뿐이다.

주변에서 갑상선 약을 평생 먹고 있는 선생님이 나보고 신기하다고 한다. 어떻게 그럴 수가 있냐고. 이 말은 뇌종양(뇌암)에 걸렸을 때도, 재생불량성 빈혈(희귀난치성 질환)에 걸렸을 때도 들었던 말이다. 의학적으로는 설명이 잘 안 되는 상황이긴 하지만 나에게는 종종 일어나는 일이다. 이게 하나님의 은혜이자 내가 알 수 없는 나를 향한 엄청난 계획이라고 말한다.

지금은 방송에서 잘 볼 수 없는 방송인 김제동 님의 『내 말이 그 말이에요』를 읽고 나는 많은 위로를 받았다. 그중에서도 다음의 글귀는 나에게 딱 맞는 말인 것 같았다.

"지금 힘든 거 어쩌면 진짜 아무것도 아닐 수 있어.
어쩌면 지금보다 앞으로 훨씬 더 힘든 일이 생길지도 몰라.
그런데 너무 걱정 안 해도 돼. 힘든 일이 생기는 만큼
네 힘도 점점 붙을 거니까."

난 정말 어렵고 힘든 일을 겪으면서 내 안에 힘이 붙었나 보다. 남들에겐 큰일처럼 보이고 불안해 보일 만한 상황에도 마음의 동요는 전혀 없고 겁도 없다. 갑상선으로 힘들 수도 있겠다는 생각은 정말 하나도 없었고 난 '이 정도는 뭐~', '이쯤은 뭐~'라고 생각했다. 육체적으로는 죽고 싶을 정도의 두통을 느껴보았고, 정신적으로는 가장 사랑하는 사람과 갑작스러운 이별도 겪어 본 사람이니까. 그리고 또 하나, 난 이제 갑상선으로 고생하는 사람들의 마음을 조금은 이해할 수 있는 경험을 또 쌓았다는 생각뿐이었다.

자는 학생 깨우는 것이 잘못인가요?

"누군가 먹구름 속에 있다면, 그 사람의 무지개가 되어 주세요."

– 마야 안젤루

재생불량성 빈혈로 담임을 계속 못 하다가 학교를 옮기고 나서 담임을 하니 아이들이 너무 사랑스럽고 더 열심히 사랑해 줘야겠다는 생각이 들었다. 협동학습 연구회에 가입하여 모임도 열심히 참여하면서 아이들이 협동하며 즐겁게 수업에 참여할 수 있는 수업 방법을 끊임없이 연구하였다. 창의 인성 자기주도학습 플래너 워크숍에 참여해서 아이들이 사교육 없이 자기 주도 학습을 할 수 있도록 연습을 시키기도 했다. 이런 열정을 품고 있는 도중에 문제가 생겼다.

우리 반은 아니었던 학생인데 평소 영어 시간에도 그렇게 적극적으로 참여하는 학생은 아니었다. 영어에 흥미가 없어서인지 자세도 바르지 않았고, 할 의지도 보이지 않는 학생이었지만 그래도 아주 가끔은 모둠 활동 점검을 할 때 뭔가 하려고 하는 모습을 보이기도 했었다. 내 욕심일 수도 있지만 나는 내 수업 시간에는 한 명도 포기하지 않고 함께 하자고 독려하는 교사였다. 그날도 수업이 시작되고 얼마 후에 교실을 한 바퀴 돌아보는데 그 학생이 엎드려 있으면서 아직 책을 펴지 않는 상태였다. 나는 책을 펴 놓고 수업에 참여하자고 권유를 하고 수업 진행을 하였다. 학습지를 나눠 주고 모둠 활동을 하는 학생들을 지도하느라 교실 한 바퀴를 또 도는데 그 아이 책상에는 책만 펼쳐져 있고 학습지가 없었다. 내가 그 학생 학습지를 챙겨주려고 하니 그때야 책 안에서 접힌 학습지를 꺼냈다. 아마 학습지를 받고 할 의지가 없으니 바로 접어서 책 안에 넣었던 것 같았다. 내가 "학습지 있었네. 모둠원들이랑 같이해야지." 하니까 "아~ 씨발!"이라고 하는 거였다. 나는 그 학생이 더는 교실에 있으면 안 될 것 같아 그때 운영 중이던 성찰실로 보내기로 했다. 거칠게 일어나더니 책상 위에 있는 학습지를 집어서 바닥에 내팽개치고 나갔다. 수업 후에 성찰실에 가 보니 성찰실에 오지 않았다고 해서 담임 선생님께 사건을 이야기하니 그 아이는 점심도 안 먹고, 보이지도 않는다고 했다.

난 내 행동 중에 뭐가 잘못되었나 돌이켜보았다. 난 항상 하던 대로 모둠 활동을 함께 하자고 한 것뿐인데…. 화를 낸 것도 아니고 욕을 한 것도 아니고 같이 하자고 한 것뿐인데…. 이 상황이 계속되면 나도 화가 나고, 그 학생도 화가 가라앉지 않을 것 같고, 나머지 학생들 수업이 방해될 것 같아 분리하고자 운영 중인 성찰 교실로 보낸 건데….

어떻게 해야 할지 몰라 관리자에게 보고했고 교감 선생님은 학기 초에 단호하게 처리해야 본보기가 될 수 있다며 학생 생활교육 위원회를 열라고 하셨다.

학생 생활교육 위원회가 열린 후 나의 학교생활은 최악을 향해 갔다. 생활교육 위원회에서는 공개 사과와 교내봉사 조치가 나왔다. 교내봉사는 완료가 되었는데 공개 사과가 안 되고 있었다. 하루는 그 엄마에게서 문자가 와서 수업 시작하고 학생들이 인사를 하면 사과하려고 하는데 내가 수업 시작 인사를 고의로 안 하고 있다는 항의 문자가 왔다. 어이가 없는 건 난 항상 수업 시작 전 인사가 따로 없이 내가 교실을 들어가면서 "Good morning everyone~!" 하고 시작하기 때문이다. 또 하루는 문자가 와서 왜 수업 시간에 가족 이야기를 하느냐 등등 수업 시간에 내가 무슨 말을 하는지 꼬투리를 잡기 시작했다. 내 수업을 녹음하는지 아니면 아이들에게 물어보는지 항의는 계속 이어졌다. 내 수업의 말과 행동을 점검받고 있다는 생각에 불안했다.

어느 날 그 아이의 담임 선생님이 수업 시간에 나에게 사과를 할 것이라고 귀띔을 해 주었다. 하필 그날은 영어 듣기 평가 날이라 번호 순서대로 앉아 있었는데 그 아이는 시험이 시작되자 찍고 엎드렸다. 시험이 끝나고 진도가 느려 수업하려고 자기 자리로 돌아가라고 했는데 잠든 그 아이가 이동하지 않아 원래 그 자리의 아이가 못 앉고 있었다. 세 번 정도 깨워서 자기 자리로 보냈는데 책을 펴기도 전에 다시 엎드려 자려고 하길래 "오늘 사과한다고 들었는데 준비가 아직 안 되었나 보네."라고 이야기를 했다. 그리고 수업을 마쳤다. 그날 종례를 마치고 청소 지도를 하던 중에 그 반 담임이 오셔서 그 아이 엄마가 오셨는데 오늘 무슨 일이 있었냐고 물으셨다. '이건 또 뭐지?' 하면서 생각을 더듬었다. 역시나 난 잘못한 것이 없었다. 그 엄마는 나를 보자마자 다짜고짜 도대체 영어 시간에 무슨 일이 있었길래 애가 나 때문에 자존심이 상해서 전화기도 꺼 놓고 연락이 안 된다면서 나보고 책임을 지라고 했다. 자존심이 상할 일이 뭐가 있었나 생각을 해 봤지만 도저히 나는 떠오르지 않았다. 그 엄마는 친구들에게 다 물어보고 왔다면서 내가 "그따위로 사과하려면 사과하지 마!"라고 했다는 것이다. '잉? 그건 내가 사용하는 말투가 아닌데….', '사과 준비가 안 되었구나.'를 엄마 식으로 해석하면 저렇게 표현이 되는 건가 싶을 정도였다.

한술 더 떠서 애가 집에 안 들어와 내일 학교를 못 나오면 내가 싫어서 학교를 안 나오는 것이니 결석 처리도 하지 말라고 했다. 그래서 학교는 오게 하고 내 시간에는 도서실이나 성찰실에서 책을 읽게 하겠다고 하니 왜 자기 아들이 손해를 봐야 하냐며 나보고 자기 아들을 가르치지 말라고 했다. 그래서 난 그 아이만 가르치는 것이 아니라 1반부터 5반까지 가르친다고 했더니 그렇다면 나를 싫어하는 아이들의 서명을 받아오겠다고 했다. 그리고 가면서 하는 말이 자기 아들은 자면 자는 대로 수업 방해 안 하니까 그냥 자게 하라고 했다.

이게 뭘까…. 협동학습 연수 다니면서 즐거운 수업 만들어 보겠다며 모둠 활동을 나름 재밌게 하고 있었는데 그것이 내 욕심이었나…. 한 아이도 배움에서 소외됨 없이 지도하고 싶은 것 또한 내 욕심이었나…. 자는 아이는 그냥 자게 하고 수업하고 싶은 아이만 데리고 수업하면 되는 건가….

이 상황을 관리자에게 다시 보고했다. 그리고 정말 학교에서는 내가 들어간 반 아이들을 대상으로 내 수업에 대해, 그리고 나라는 사람에 대해 무기명 설문을 진행했다. 이렇게 내가 증명을 받아야 하나 싶은 마음이 들기도 했지만, 학부모가 그렇게 나오니 어쩔 수가 없다고 관리자가 하자고 하셨다. 다행히 만족도는 아주 높게 나왔다. 딱 두 명만 빼고, 그 두 명이 누구일지 알 것 같았다. 해당 학생과, 그 학생의 여자친구….

설문 결과와 내가 지금까지 받은 연수 이수증과 상장을 가지고 교장실에서 그 어머니와 함께 만났다. 물론 그 어머니는 학교에서 설문했으니 나에 대해 좋은 결과가 나오지 않았겠냐며 결과를 신뢰하지 않으셨다. 무기명으로 실시했다고 했으나 선생님이 보고 있으니 잘 써줄 수밖에 없다며 절대 믿지 않으셨다. 그리고 내가 연구하고 노력하는 교사라는 것을 연수 이수증과 포상 내용으로 보여 주니 더는 말씀이 없으셨다. 결론은 본인 아들 한 명을 위해 내가 학년을 바꾸거나 이 학교를 뜰 수 없다는 것을 눈치채셨는지 알겠다고 가셨다.

이런 일을 겪으면서 '내가 왜 관리자에게 보고해서 생활교육 위원회를 열게 했을까?'라는 자책부터 하고, 자는 애들까지 깨워가며 공부를 시킨다고 그 아이들이 고마워할까 하는 생각까지 나 자신을 몰아갔다. 그랬더니 나 자신이 왜 그렇게 교사가 되고 싶었는지는 저 멀리 사라지고 그냥 적당히 월급 받는 교사로 전락할 것 같은 마음이 들었다. 그래서 마음을 정리했다. 금쪽같은 내 새끼로 유명한 오은영 박사님이 쓴 『오은영의 화해』에 내일을 잘 살아가려면 오늘이 끝나기 전 '나'를 용서하라고, '내' 마음의 불씨를 끄는 것이 용서라는 내용이 나온다. 오늘 생겨난 불씨는 오늘 그냥 꺼버리지 않으면 그 작은 불씨가 어느 틈에 불길이 되어 당신 마음의 집을 다 태워버릴지도 모른다고….

난 단 한 명의 민원으로 인해 내가 꿈꾸던 교사의 생활을 망칠 수는 없다. 내 마음의 집이 다 태워지기 전에 그 불을 꺼야 했다. 그래서 나를 용서하고 그 아이를 용서하고 그 엄마를 용서하기로 했다.

사주한 교사, 나는 억울합니다

○

"감사하는 마음은 영혼에서 피어나는 가장 아름다운 꽃이다."

– 헨리 워드 비처

나에게 찾아온 첫 번째 아이를 보내고 몸도 마음도 편하지 못해서 병가를 내고 신랑 부대가 있는 곳에서 시간을 보내고 있을 때였다. 어느 날 교감 선생님에게서 전화가 왔다. 혹시 내가 어떤 학생에게 1반이 힘들다고 애들을 혼내 달라고 한 적 있냐고…. 이건 무슨 말이지 싶어 내막을 물어보았다.

우리 반에 소위 학교 일진이 있었다. 덩치도 크고 운동도 잘하는데 심지어 아버지가 경찰관이셨다. 사실 2년 전에 그 아이의 누나도 내가 담임을 했기 때문에 더 정이 가는 학생이었다. 그 학생의 누나는 속이 정말 깊은 아이여서 내 기분까지 고려해 가며 말을 하는 아이였다. 그 누나는 집에서 속상한 일이 있으면 나에게 털어놓고 이야기를 해서 아빠의 직업, 그 집의 분위기와 사정을 알고 있었고 동생의 정보도 어느 정도는 알고 있었다. 그 아이가 빗나가지 않게 날마다 긍정 카드로 아이를 다독이고 감사일기도 쓰게 하고 간식을 주면서 마음잡고 공부할 수 있게 도와주었다. 부모님도 그

누나도 나에게 그 아이가 마음을 잡을 수 있게 도와줘서 고맙다고 할 정도였다.

그런데 그 아이가 내 유산 소식을 듣고 너무 속상했었는지 아니면 병가 소식을 듣고 속상했던지 1반 교실에 가서 "고나원 선생님 힘들게 한 새끼들 다 나와!"라고 소리쳤고 여덟 명 정도의 아이들이 나오니 화장실로 데리고 가서 한때씩 때렸는데 그중의 한 명이 고막이 터졌다. 나는 사건이 발생하고 사건 조사를 하면서 왜 1반으로 갔냐고 그 아이에게 물었더니 그냥 제일 먼저 보이는 반이었기 때문에 무작정 들어갔다고 했다. 그리고 나를 힘들게 했다고 생각하고 따라 나갔던 여덟 명의 아이도 만나 이야기를 해 보니 전혀 나를 힘들게 하는 아이들이 아니었다. 왜 나갔냐고 물었더니 수업 시간에 졸아서, 발표를 잘 안 해서 등등 전혀 나를 힘들게 한 이유가 아니었다. 아이들이 순진한 것인지 아니면 그 일진 아이가 무서웠던 것인지는 모르겠지만 때린 아이나 힘들게 했다고 나간 아이들이나 이해가 안 되는 상황이었다.

일단 우리 반 아이가 사고를 친 사건이기에 사건 조사를 하고 학생부로 넘긴 후 난 병가를 내고 신랑에게 왔는데 내가 병가로 학교에 없는 사이에 사건이 이상하게 진행이 돼가기 시작했다. 사과하고 끝내려고 했는데 피해자 학생 중의 한 명이 고막이 터졌다며 이것을 학교폭력으로 신고를 했다고 했다. 그래서 우리 반 학생 아버지가 여덟 명의 학부모를 찾아다니며 일일이 사과를 하고 합의를 하는 과정에 엉뚱한 말을 하셨다는 것이었다. "사실 우리 아이는 선생님이 1반이 너무 힘들다고 말을 해서 선생님을 생각하는 마음에 그랬던 것 같아요. 죄송합니다. 얘가 뭘 알겠어요. 선생님이 자꾸 도와달라고 한 말이 생각나서 한 일이에요."라고 하고 다니셔서 그 피해자 학부모님들이 합의해 주시고 공공의 적을 나로 삼으셨다는 것이었다. 내가 그 아이를 가스라이팅 해서 조종한 교사가 되어 있었다.

사실 이런 내용도 그 아버지께 직접 들은 것이 아니고 관리자가 나에게 해 주신 말이기에 어디까지가 사실이고 어디까지가 덧붙여진 말인지는 모르겠다. 그런데 난 사실 그 내용을 확인하기 위해 관리자가 나에게 전화를 했다는 것이 더 서운했다. 그래서 난 관리자에게 "지금까지 저랑 같이 근무 하셨으면서 저를 아직도 모르세요? 제가 그런 말을 할 사람입니까? 제가 학생에게 1반이 힘드니 손 좀 봐 달라고 했겠어요?" 하고 억울해했더니 쉬는데 미안하다고 하시며 전화를 끊으셨다.

전화를 끊고 내 감정에 관리자에게 너무 예의 없이 전화를 받았나 하는 생각도 잠시, 아무리 생각해도 이해가 되지 않았었다. 왜 이 부모님이 이런 말을 하시고 계시는 걸까? 학교폭력위원회로 가면 생활기록부에 남을까 봐 두려우셨을까? 아니면 아버지가 경찰관이라 명예에 문제가 생기시나? 그것도 아니라면 정말 그 아이가 그렇게 이야기를 했을까? 딸과 아들을 담임하면서 어머니와도 통화를 종종 했었는데 그럴만한 분들이 아니셨고, 내가 그럴 사람이 아니라는 것도 어머니, 아버지도 아실 텐데….

사실 사건이 발생했을 때 어머니와 통화를 했었다. 아들에게서 내 유산 이야기를 들었다며 몸도 마음도 힘드실 텐데 이런 일까지 생기게 해 죄송하다고 하셨던 분들이었다. 그런데 내가 없는 동안 나에게 비난의 화살을 돌리신 이유가 무엇일지 너무 궁금했다.

퇴근한 신랑에게 오늘 받은 전화 내용을 이야기했더니 같이 화를 내줘서 고마웠다. 역시 신랑은 내 편이구나 하는 든든함이 있었다. 그리고 신랑이 하는 말이 그분들이 자식 일이라 올바른 판단이 안 되었나보다고 신경을 쓰지 말고 몸과 마음을 잘 챙기라고 해 주었다. '자식의 일' 그 말이 조금은 이해가 되긴 했지만, 완전히 이해가 되지는 않았다. 마음 한쪽에 복잡한 마음을 접어두고 다시 오지 않을 한 달간의 신랑과의 신혼생활을 보냈다.

한 달 후에 복직하니 사건은 정리가 되어 있었다. 나는 어떻게 처리가 되었는지 더 묻고 싶지가 않았다. 왜 그러셨냐고 그 학부모에게 따지고 싶지도 않았다. 그 학생에게 선생님이 정말 너에게 1반 아이들을 혼내 달라고 했냐고 묻지도 않았다. 그냥 사랑스러운 제자들과 함께 늘 하던 대로 나는 내 수업과 학급경영을 했다. 나의 일상을 살았다.

한국철학의 대부로 불리는 김형석 교수님의 『백년을 살아 보니』라는 책에서 작가는 왜 일을 하느냐는 질문에 돈이 필요해서라는 단계를 지나 일이 중요하기 때문에 그리고 마지막 단계는 이웃과 사회에 대한 봉사의 의미라고 했다. 내가 아픈 머리를 부여잡고 진통제를 먹어 가며 공부했던 이유, 선생님이 되고 싶다는 꿈을 품었던 이유는 내 학생들에 대한 봉사라고 생각한다. 자신을 사랑할 수 있는 아이들로, 자신의 잠재성을 발견할 수 있는 아이들로 그리고 이 제자들이 자라서 사회에 봉사하는 사람들로 키우고 싶어서이다. 나는 설리번 선생님이 헬렌 켈러를 위대한 위인으로 만드셨던 것처럼 내 제자 중에도 꼭 글로벌 리더가 나오길 바라는 마음으로 교사를 하고 있다. 내가 일진 학생이 마음잡고 공부하게 하는 것은 그 학생이, 그 학부모가 뭐라고 했던지 상관없이 나는 나의 일을 하는 것이, 내 목표를 달성하는 것이 중요하기 때문이다.

　그 일이 있고 한해가 지나 출산을 앞두고 담임을 맡지 않았다. 반 아이들에게 쏟을 정성을 뱃속의 축통이에게 쏟고 있었다. 축통이가 세상에 나올 때가 되어 출산휴가를 들어가기 전 어느 날 갑자기 한 학생이 교무실로 와서 애들이 싸운다며 나를 데리고 나갔다. 그런데 데리러 온 아이의 연기가 어설퍼서 아이들이 뭔가 꾸미고 있는지를 눈치챘다. 나를 운동장 구령대로 데리고 가서 의자에 앉히더니 작년 반 아이들이 우르르 운동장으로 나왔다. 대열을 맞춰 서더니 음악을 틀고 춤을 추는 것이었다. 건강한 출산을 하라고 응원하기 위해 틈틈이 모여 연습했다며 플래시몹을 보여 줬다. 그때 한가운데에 그 아이가 서 있었다. 아무렇지도 않게 다른 아이들 틈에 서서 큰 덩치로 춤을 추는데 귀여웠다. 그리고 고마웠다.

　그 아이도 이 사회를 위해 봉사하는 학생으로 커 주면 좋겠다. 나에게 억울한 누명을 씌운 것이 그 학생이었는지 아니면 엄마와 아빠의 계획이었는지는 혹은 오해였는지 모르겠지만 훌륭한 성인으로 자라서 고나원 선생님의 제자로 부끄럽지 않게 생활하였으면 좋겠다. 사랑하고 축복한다. 내 제자야~

4장

희망 가득한 세상,
함께 만드는 거야!

난 의사 선생님의 반대에도 무릅쓰고,

신종플루가 유행했어도,

가면 죽는다는 학교로 내 발로 돌아왔다.

그랬더니 이 아이들이

나에게 기적을 안겨 주었다.

첫 학교 아이들과 추억 쌓기

◎

"감사함을 느끼는 순간, 당신은 풍요로워진다."

– 랄프 왈도 에머슨

빌라가 모여 있는 동네의 중학교 옆 작은 원룸은 성탄 전날이 되면 시끌 벅적해지기 시작한다. 나름대로 준비한 음식을 가지고 향하는 곳은 한 곳 이다. 서로가 무엇을 가져왔나 궁금해하는 눈빛과 오늘 어떤 게임을 할까 하는 설렘들을 한가득 안고 있다. 내가 처음 학교에 발령을 받고 맞이하던 첫 성탄절 모습이다.

주말에는 우리 집에서 아이들과 떡볶이와 라면을 끓여 먹으며 각종 놀이 를 하고 배가 부르면 근처 산에 올라가 신선한 공기도 마시며 즐겁게 지냈 다. 한 해를 보내고 성탄이 다가오자 나의 첫 제자들과의 추억을 만들고자 성탄 파티를 준비했다. "심심한 사람 모여라!"라는 표어를 가지고 몇 명이 나 올까 하며 학생들을 기다렸다. 그러나 생각 외로 많은 아이가 찾아왔다. '부모님은 일가시고 집에 남아 TV로 성탄을 보낼 아이들이 이렇게 많구나!' 라는 생각에 오는 아이들을 한 명씩 방으로 들여보내니 8평 남짓한 방에

열다섯 명이 넘는 아이들이 모였다. 아이들은 가지고 온 각자의 과자와 내가 만들어 준 떡볶이를 나누어 먹고 본격적으로 여러 가지의 게임을 하면서 추억을 만들었다. 남자아이들에게 내 화장품으로 화장을 예쁘게 해 주고 깔깔 웃어대는 아이들, 진실게임 하자고 하면서 은근슬쩍 고백하는 아이들, 어디에서 누가 잘 건지, 내 옆에선 누가 잘 건지 자리 배치 놀이를 하면서 밤을 보내고 아침엔 근처 폭포로 산책하러 나갔다.

그다음 해도 내가 맡은 반 아이들과 파티를 함께 하며 비슷한 추억들을 쌓아나갔다. 내가 만든 떡볶이와 아이들이 가지고 온 음식을 함께 펼쳐놓고 배불리 음식을 먹고 본격적인 게임을 시작했다. 주로 진행은 내가 했고 아이들은 신나게 즐겨 주었다. 1박 2일을 한 후에 성탄 예배를 드리러 가기 전에 아이들은 집으로 돌아갔다.

전세 계약 2년이 지나 새로운 자취방을 구했고 역시나 학교 근처이지만 조금 더 넓어졌다. 학교, 교회, 집은 가까워야 한다는 것이 나의 원칙이었기 때문이다. 학기 초부터 우리 반 아이들은 작년 반 아이들에게 들은 성탄 파티 이야기를 하며 3월부터 기대하고 있었다. 하지만 세 번째 맞이하는 해엔 내가 건강이 좋지 않아 담임을 한 달 만에 사직했어야 했고 그 아이들과의 약속은 지킬 수가 없었다.

그해 성탄은 담임 반이 없고, 건강도 안 좋으니 조용히 보내야겠구나 했는데 2년을 함께 성탄을 보낸 아이들이 성탄 파티하자고 연락을 해서 또 잊지 못할 성탄을 보냈다. 세 번째 맞이하는 성탄 행사는 그동안의 나의 제자들과 함께하니 성탄 파티의 경험이 있는 아이들이고 이제 학부모 사이에서도 소문이 나서 아이들 손의 음식이 풍성해지고 메뉴도 다양해졌다. 1학년 아이들이 3학년이 되어서 노는 방법도 이제 어린애들 같지 않았다. 항상 내가 계획하던 놀이에서 아이들이 주도적으로 계획을 세워 노는 놀이로 진화하였다. 몰래카메라로 가장 늦게 온 친구를 속이는 것은 정말 상상도 못 했는데 재미있었다. 늦게 온 학생에게 "미안한데 늦었어. 인원 초과래. 넌 집으로 가야겠다."라고 하니까 그 학생이 "정말? 나도 같이 놀고 싶은데…. 나, 서서 잘게. 같이 있게 해 줘." 했던 기억이 난다. 좁은 현관에 스무 명 남짓 아이들의 신발을 다 놓을 수가 없어서 작은 베란다에 신문지를 깔고 신발을 차곡차곡 쌓았다. 좁은 방에 아이들이 많으니 난방 없이도 후끈후끈했고, 화장실을 한 번 가려고 해도 줄을 서야 했다. 007빵 놀이부터 침묵의 007빵 놀이까지 신나게 개인전으로 웃고 나면, 내 발바닥 곰 발바닥, 네 발바닥 닭 발바닥으로 꼬이는 발음을 풀어 가며 팀전을 하고 마지막으론 주방에서 제조한 간장 식초 마시기까지 마냥 웃고 떠든다. 한겨울에 벌칙은 난방이 되지 않는 주방에 가서 서 있기 등 아이들의 아이디어가 더해지니 더 재밌는 성탄이 되었다. 놀이가 지칠 때가 되면 아이들과 밤새 영화도 보고 장난도 치면서 잊지 못할 이야깃거리가 늘어났다.

아이들은 게임의 승패에 따라 여학생들은 내 침대 옆으로, 남학생들은 바닥으로 자리를 잡기 시작하는데 아침에 일어나보면 책상에 엎드려 자는 아이, 의자 밑에서 자는 아이, 심지어 내 옷을 걸어두는 옷걸이 밑에서 남학생 네 명이 지그재그로 포개어 자고 있었다. 편안한 잠자리가 아닌데도 아이들은 재밌었다며 아침에 일어나 친구들이 자는 모습을 보면서 깔깔대고 한바탕 또 웃었다.

바로 옆집이 주인집이라 아이들이 웃고 떠드는 소리가 어찌나 크던지 쫓아오실까 봐 조마조마했지만 착한 주인집이라 너그럽게 이해해 주셔 즐거운 1박 2일을 보낼 수 있었다. 아침에 일어나면 세수도 안 한 얼굴로 어제 먹다 남은 것으로 아침을 대신하고 각자의 집으로 향하는데 뒷모습들이 신나 있었다.

3년을 함께 지내고 졸업한 아이들이 "선생님 내년에도 우리랑 성탄절 함께 보내셔야 해요~! 고등학생이 되어도 우린 선생님 집에서 보낼 성탄절을 계획하고 있어요!" 했던 게 정말이었는지, 아이들은 성탄절에 또 우리 집을 찾아왔다. 4년째 되는 때는 건강 문제로 담임을 맡지 못하여서 허전했는데, 졸업한 제자들이 이제 제법 성숙해 찾아와 주었다. 자기들끼리 놀아도 될 텐데 잊지 않고 나를 선생님이라고 찾아와 준 것이었다.

이때 찾아온 아이 중 두 명이 내 결혼식에 와 주었고, 한 명은 축가를 불러주기로 했다가 못 불러줘서 미안해하며 녹음된 파일을 보내 준 아이다. 성인이 되어 번 돈으로 내 옷을 사서 보내 주고 명절과 스승의 날이 되면 잘 지내냐고 안부 인사를 하는 아이들이다. 내가 교사라는 것이 참 행복한 순간이다.

『딸딸 외우고픈 감동영어 101』에 필리핀의 성직자인 페페의 유명한 말이 실려있다.

"Now what realize is that the miracle can happen
When you do not give up on your love."

(내가 이제야 깨달은 것은

사랑을 포기하지 않으면 기적은 정말 일어난다는 것.)

　나에게 일어난 기적은 사랑을 포기하지 않았기 때문이 아닐까 하는 생각이 들었다. 내가 재생불량성 빈혈에 걸렸을 때 왜 학교로 돌아오고 싶었는지 생각해 보면 이 아이들이 있어서였다. 나의 사랑이 필요한 아이들, 나의 관심이 필요한 아이들이 있어서 난 의사 선생님의 반대에도 무릅쓰고, 신종플루가 유행했어도, 가면 죽는다는 학교로 내 발로 돌아왔다. 그랬더니 이 아이들이 나에게 기적을 안겨 주었다. 골수이식 수술을 하면 성공할 수도 있지만, 부작용도 있다는데 그 수술 없이도 살아갈 수 있는 새로운 삶을 선물해 주었다.

　지금 만나는 아이들은 예전 아이들과 아주 다르다고 한다. 함께 어울려 놀기보다는 혼자 노는 것을 편하게 생각하고 예전 애들보다 정이 없다고들 한다. 하지만 난 내 삶의 기적을 만들기 위해서 아이들에게 사랑을 포기하지 않으려고 한다. 내가 선생님으로 교단에 서 있는 한 나는 나의 사랑으로 나에게, 그리고 학생들에게 기적을 선물하고 싶다. 내가 사랑할 수 있는 제자들이 있고, 그 제자들을 내가 사랑으로 품어 준다면 분명 내 제자 중에 글로벌 리더가 나올 것이다. 설리번 선생님이 헬렌 켈러를 만들었던 것처럼. Miracle~

우리 반 신문에 실리다!

◯

"감사는 과거를 존중하고, 현재를 축복하며, 미래를 기대하게 한다."

– 멜로디 비티

    학교를 옮기고 만난 첫 아이들은 2학년 6반이었다. 담임을 못 하다가 만난 이 아이들이 너무나 소중했다. 축복 조회, 스파이 종례, 밥값 단어, 플래너 작성, 12시간 복습 노트, 매달 26일은 학급의 날이라고 정하고 달마다 행사가 있었다. 아이들이 학습 면이나 인성 면이나 정말 잘 따라와 줬고 행사 때마다 즐거워했다. 학교에 남아서 단체 놀이하는 것도 정말 좋아했다. 이 아이들과 더 재밌게 놀기 위해 레크리에이션 자격증을 땄을 정도니까.

    그래서 두 번째 만난 아이들에게도 똑같이 학급의 날을 하자고 했더니 왜 하냐고, 다른 반은 안 하는데 왜 남아야 하냐고 싫다고 했다. '뭐지? 작년 아이들은 참 좋아했는데….' 내가 무엇을 하자고 하면 뭐든지 싫다고 하고 따라주지를 않았다. 그뿐만 아니라 친구들끼리 다툼도 많았다. 친구가 지나가다가 살짝 책상만 건드려도 시비로 받아들이고 싸우기 일쑤였다. 가방을 4층에서 밖으로 던져버리기도 하고, 가위를 던져서 지나가는 학생이 있었으면 큰일 날 뻔한 일도 있었다. 1학기를 보내고 나서 여름방학 동안 대책을 찾아야 했다. 작년 아이들과 학급 모둠 일기를 쓰던 중 특정 한주의 주제로 감사일기를 쓰게 했던 것이 기억이 났다. 그 특정 일주일 동안 모둠 일기의 내용을 감사로 채우게 하고 가장 많은 감사 거리를 쓴 모둠에 감사 왕이란 타이틀을 주었더니 아이들이 행복해했었던 기억이 났다. 감사일기에 관련된 책을 찾아보고 이 방법이 확실하겠다는 생각이 들었다. 그래서 집 앞 문구점에서 노트를 스무 권 샀다. 한 권을 통째로 주면 쓰는 것을 부담스러워할까 봐 반으로 잘랐다. 그리고 표지에 감사일기라고 크게 쓰고 반, 번호를 적었다. 안쪽에는 쓰는 방법에 대해서 적어 주었다.

> 하루 중의 감사한 일을 써 주세요.
> "~했는데 행복했다, ~했는데 좋았다, ~했는데 감사했다." 형식으로 쓰면 됩니다.

이 단순한 시작이 작은 변화를 일으키기 시작했다. 물론 처음에 쓰기 싫어하는 학생들을 위해 유인책도 마련했다. 감사일기를 반 전체가 다 제출하면 스티커를 주면서 열 개, 스무 개, 서른 개 스티커를 모을 때마다 보상해 주었다. 제출 안 하면 눈치가 보일 정도의 보상이었기에 습관 잡힐 때까지 사용하기로 했다. 분명 내가 읽은 김주환 교수님의『회복 탄력성』에서 3주를 꾸준히 쓰면 자신의 변화를 느낄 수 있고, 3개월을 꾸준히 쓰면 다른 사람이 그 사람의 변화를 알 수 있다고 했기 때문이다. 그런데 기적적으로

3주가 지나니까 어떤 학생의 감사 일기장에 '내가 긍정적으로 변한 것 같아 감사했다.'라는 문구가 보였다. 한 학생이라도 변화가 있다는 것이 신기해서 정말 된다고 생각하고 꾸준히 작성하게 하였다. 처음에는 감사일기가 무슨 사자성어를 쓰는 것과 같았다. '급식 감사, 체육 감사, 불금 감사.' 이랬던 감사일기가 친구에 대한 감사, 선생님에 대한 감사, 부모님 감사로 내용이 발전하더니 무심코 지나칠 수 있는 작은 것에도 감사하는 아이들이 되어갔다. 어느 날 수업 들어가신 선생님들이 물으셨다.

"요즘 그 반 무슨 일 있어요? 왜 이렇게 분위기가 좋아졌어요?"

담임으로서도 변화는 느끼고 있었다. 1학기 때는 학생들이 뭔가를 하자고 하면 "싫어요, 왜 해요? 짜증 나~!"를 반복했고, 그런 모습을 본 내 표정이 안 좋아지는 악순환의 계속이었다면 2학기 때는 학생들이 어떤 제안에 대해서도 긍정적으로 받아들이는 모습에 내 표정도 좋아지는 선순환이 이어졌다.

이런 변화를 교육청에서 교실 혁신 사례로 발표하였더니 지역 신문에서 발표 기사를 실어 주셨고, 지역 다른 신문사에서 취재를 와서 우리 반 감사일기 이야기가 기사로 실리게 되었다. 아이들도 담임과 자신들의 사진이 신문에 실렸다고 좋아하며 함께 기사를 읽었다. 그리고 얼마 후에 99.9 경기방송 〈달려라 라디오스쿨〉이란 프로그램에서 인터뷰 요청이 들어왔다. 아이들 인터뷰도 실릴 예정이라고 아이들을 섭외해 달라고 해서 아이들에게 물어보니 서로 하겠다고 난리가 났다. 그렇게 엄선된 아이들로 라디오

인터뷰를 마치고 아름다운 추억을 만들었다. 지금도 녹음된 파일을 들으면서 그때 아이들과 감사일기 쓰기를 잘했다고 생각한다. 그 후로 담임을 하는 동안 감사일기는 아이들과 계속 쓰고 있다. 2011년 처음 쓴 어설프던 감사일기는 이제 진화를 거듭해서 이렇게 바뀌었다.

♥감사일기는
1. 하루 중의 감사한 일을 써 주세요.
2. "~했는데 행복했다, ~했는데 좋았다, ~했는데 감사했다." 형식으로 쓰면 됩니다.

♥칭찬일기는
1. 하루 중의 칭찬할 만한 사람에 관해 써 주세요.
2. "~해서 ○○이를 칭찬합니다, ~한 ○○이를 칭찬합니다." 형식으로 쓰면 됩니다.

♥자기 사랑 일기는
1. 하루 중의 자기 자신에게 칭찬할 만한 것을 써 주세요.
2. "~한 나를 나는 사랑합니다." 형식으로 쓰면 됩니다.

기본은 감사일기로 시작을 한다. 내 안에 감사가 넘치면 남을 향한 칭찬일기가 되고, 더 나아가 자신을 먼저 사랑하는 학생이 되길 바라는 마음으로 자기 사랑 일기를 쓰게 했다. 지금 우리 반 아이들은 하루에 감사일기,

칭찬일기, 자기 사랑 일기를 꾸준히 쓰고 있다. 그 아이들이 불평, 불만을 늘어놓는 아이들이 아니라 어떠한 상황에서도 감사를 찾아낼 수 있는 아이들이 되었으면 하는 바람이다.

아이들의 감사일기를 읽고 있는 나를 보면서 다른 선생님들이 힘들지 않냐고 물어보신다. 하지만 난 아이들이 쓴 감사일기를 읽으면서 내 안에 감사가 더 풍성해지고 감사일기에 댓글을 달면서 아이들과 소통하는 즐거움이 커서 전혀 힘들지 않다고 대답한다.

감사일기를 썼던 첫 마음을 떠올리며 그때 그 아이들이 말했던 '나에게 감사일기란'으로 마무리하고 싶다. 내 사랑하는 제자들 어디서든 감사를 캐고 있을 것이다.

- 한 줄기 희망: 기분이 안 좋을 때나 힘들 때, 감사할 거리를 찾아서 감사를 느낄 때 기분이 풀리고 힘이 나기 때문에 감사일기를 쓰면 힘을 얻는다. (30429 원○○)
- 긍정적인 생각하도록 도와주는 선생님의 프로젝트: 감사일기를 쓰면서 사소한 것이라도 감사하는 마음을 가져 긍정적인 생각을 많이 할 수 있게 되었다. (30434 장○○)
- 아침체조: 당연하지만 안 쓰면 허전한 그런 필수적인 존재다. (30423 김○○)
- 숨었던 긍정심과 행복감을 느끼게 해 주는 것 (30428 염○○)

- 생활 속에서 감사를 읊조리게 하는 마법 (30408 성○○)

- 생각보다 감사할 일이 많다는 것을 알게 해 준 것 (30409 이○○)

- 사소한 행복을 느끼게 해 주는 원동력 (30413 조○○)

- 가끔 기분이 꿀꿀하거나 짜증 날 때 쓰면 화가 가라앉게 해 주는 글: 이걸 완벽히 다 쓰고 나면 뿌듯해진다. 한 번씩 '오늘 운 지지리도 없다.' 하는 날이 있는데 이걸 쓰다 보면 '그래도 이건 했으니까.' 하고 하루의 만족감을 느끼게 되는 것 같다. 또 하루 있었던 일을 되돌아보며 생각하니까 그 날 하루의 반성도 같이할 수 있다. (30403 김○○)

신문에 실린 우리 반

배우는 것이 즐겁지 않니?

"용기 있는 사람이란 두려움이 없는 사람이 아니라
그 두려움을 이겨 내는 사람이다."

– 넬슨 만델라

고전 연구가로 유명한 조윤제 님의 『사람 공부』에 이런 글이 있다.

"배우지 않는 것이 있으면 그것을 배우되 다 배우지 못했으면 그만두지
않는다. 묻지 않는 것이 있으면 묻되, 알지 못했으면 그만두지 않는다."

논어의 글만큼 나는 배우는 것을 참 좋아한다. 새로운 것을 배우면 가슴
이 두근거리고 설렌다. 그래서 내가 영어를 좋아했는지도 모른다. 낯선 언
어라는 것의 매력이 사교육이나 외래 문물을 접하기 힘든 시골에서 자란
소녀의 배움의 욕구를 자극한 것이었다.

내가 처음에 취득한 자격증은 대한 상공회의소 워드프로세서 2급 자격
증이었다. 컴퓨터가 보급되고 문서 처리를 위해 필요하다고 해서 처음으로

땄던 자격증이었다. 그다음 자격증은 단지 임용고시 가산점을 위해 배웠던 정보처리기사 자격증이다. 어디에 쓰이는 것인지도 몰랐다. 여기까지는 교사가 되기 전 준비하는 과정에서의 자격증이었다.

2학년 6반 담임을 하면서 매달 26일은 학급의 날로 정했다. 매달 똑같은 놀이를 하면 아이들이 싫증 낼 것 같아서 레크리에이션을 제대로 배워보기로 했다. 사실 첫 번째 학교에서 수학여행을 갈 때도 멀미하는 학생들, 지루해하는 학생들을 버스 안에서 재밌게 해 줄 생각으로 차 안 레크리에이션을 했었다. 전문성은 부족했지만, 인터넷 검색을 열심히 해서 나름대로 준비한 레크리에이션 덕분인지 멀미하는 학생 한 명 없이 아이들도 즐겁고, 운전 기사님도 즐거운 여행이 되었다. 그래서 전문적으로 배워보는 것이 나의 교사 생활에 도움이 될 것 같았다. 그때 취득한 레크리에이션 자격증은 "나 자격증 있는 교사야."를 외치며 학년말 프로그램을 운영하는 데 어렵지 않게 도움을 주었다. 학교 학년 부에서 행사가 있을 때면 밴드 라이브를 켜고 카메라를 셀카 모드로 해서 학년 전체 사회를 보고, 강당에서도 전교생을 대상으로 마이크 잡는 교사가 되었다. 사단법인 함께 교육 총회 때 마음 열기 코너를 맡아 전국에서 오신 선생님들과 게임을 하였는데 반응이 너무 좋았다. 그 후 지역 모임에 가서서 내가 알려 준 게임을 하고 있다는 후기를 보내 주시기도 하셨다. 2월 학기 초, 새 학기 연수 때 처음으로 전체 선생님들 대상으로 레크리에이션을 해 줄 수 있냐는 부탁이 들어왔다. 전년도 2월에는 친해질 목적으로 체육과 주관으로 작은 체육대회를 했는데 그때 내 종아리 근육이 파열되어 깁스하고 새 학기를 시작했던 것이 생각나서 난 부담 없는 레크레이션을 준비해서 진행했다. 다른 학교에서 전근 오신 선생님들과 첫 만남의 어색함을 깨고, 이름을 외우고, 우리 학교의 분위기를 소개하고 어떻게 학교생활을 하자는 의미를 담은 게임들로 구성했더니 선생님들이 지금까지 연수 중에 가장 재밌고 의미 있는 연수였다고 응원을 해 주셨다. 다들 돈도 안 주는 걸 그렇게 하는 것이 힘들지 않냐고 물으신다. 그러면 난 항상 이렇게 대답한다.

"내가 좋아서 하는 일이라 괜찮아요."

아이들과 상담을 할 때면 꼭 혼나러 오는 아이들처럼 끌려오는 모습이 보기 안 좋았다. 그러다 아이들이 타로 상담을 다닌다는 이야기를 들었다. '그렇구나. 아이들이 타로를 좋아하는구나. 그럼 나도 타로를 공부해서 아이들과 상담을 해야겠다.'라고 생각했다. 그런데 난 기독교인으로서 성경에 하나님은 점쟁이를 가증이 여기신다는 말씀이 있어서 해도 되나 고민을 했다. 그런데 난 다른 영이 들어와서 신점을 보는 것이 아니라 78장 카드의 의미를 외워서 이야기해 주는 것으로 생각하고 자격증에 도전했다. 그리고 난 타로 상담 자격증이 있는 교사가 되었다. 상담하자고 하면 인상 쓰는 아이들이 "타로 봐줄게. 고민 있어 보여."라고 하면 웃으면서 따라온다. 몇 년 전에는 점심시간마다 하루에 두 명씩 타로를 봐주기로 했는데 예약이 두 달 정도 차 있을 정도로 인기였다. 그러면서 난 아이들의 고민을 들어주고 같이 해결책을 찾아보는 것이다. 물론 타로는 도구일 뿐이다. 내가 상황에 맞게 카드의 그림을 해석해 줄 뿐인데 아이들은 재밌어하고 힘을 얻었다. 난 타로 상담을 통해 아이들에게 희망을 주고 싶었다. 과거는 지나갔으니 네가 절대 고칠 수 없고, 미래는 아직 다가오지 않았으니 미리 걱정하지 말고, 현재 할 수 있는 일을 찾아보자는 것이 항상 나의 결론이었다. 가끔 선생님들도 올해 운세를 봐 달라고 하시고, 고민 있을 때 타로를 펼쳐보라고 하신다. 나를 믿고 물어보시는 선생님들께 정성을 다해 그림을 설명해 드린다. 그리고 마지막은 항상 믿거나 말거나 재미로 본 것이니 심각하게 여기지 말라고 한다. 교원 역량 강화 연수의 날 내가 타로 강사로 선생님들께 타로의 뜻을 알려 주고 장점을 설명해 드렸더니 다들 즐거워하셨다. 지금은 타로 상담과 함께 명리학이 재밌어져서 명리학도 함께 공부하는 중이다. 운명은 타고난 것이 아니라 개척해 가는 것이지만 그 해, 그 시에 태어난 사람들의 통계 자료라고 하니 그 수많은 사람은 어떤 삶을 살았는지 궁금하다. 그리고 고미화에서 고나원의 개명이 과연 어떤 의미가 숨어 있는지도 내가 밝혀 보고 싶다. 난 궁금하면 도전한다. 아마 명리학도 언젠간 나에게 도전당해 있을 것이다.

　나는 글씨를 참 못 쓴다. 내 글씨체는 어른 글씨체 같지 않아 항상 스트레스였다. 그래서 못 쓰는 글씨를 고쳐보고자 바른 글씨 책 교본을 샀는데 재미가 없었다. 그러다 육아휴직 6개월 동안 구청에서 하는 문화센터에서 캘리그라피를 배웠다. 못 쓰는 글씨를 더 구부리면 멋진 글씨가 되는 것이 신기했다. 그래서 3개월 문화센터에서 열심히 배우다 전문적으로 배우고 싶다는 생각이 들어 자격증반을 신청했고 캘리그라피 지도사 자격증을 받게 되었다. 캘리그라피로 내 글씨체는 아직 없다. 인터넷이나 예쁜 글씨가 보이면 그대로 따라 쓰기를 해 보는 것이다. 특히 난 먹을 사용하는데 비 오는 날 먹 냄새를 맡으며 글씨를 쓰면 정말 차분해지고 기분이 좋아진다. 생활용품 판매점에서 파는 천 원, 2천 원짜리 액자에 넣으면 정말 근사한 작품이 되는 것 같고 봄철에 핀 들꽃을 책에 넣어 말려두었다가 글씨 옆에 붙이면 정말 멋진 액자로 탄생한다. 한번은 나를 위해 기도해 주시는 분들이 고마워 그분들에게 성경 말씀을 써서 선물해 드렸더니 그 성경 말씀 액자를 보면서 기도를 더 하게 된다고 하셔서 감사했다. 이모가 다니시는 교회 권사님들께 선물로 주고 싶다고 부탁을 하셔서 한 번에 스무 개씩 성경 말씀을 쓸 때도 있었다. 학교를 옮길 때는 같이 근무했던 선생님들께 선물로 좋은 글귀를 써서 액자에 넣어 선물하면 정성 가득한 선물이라고 고마워하셨다. 지금 우리 반에는 좋은 글귀가 쓰여 있는 내 캘리그라피 액자가 다섯 개 놓여있다. 아이들이 좋은 글귀를 보면서 예쁜 마음으로 하루를 살았으면 좋겠다는 마음이 담겨 있는데 아이들이 우리 반 특징으로 캘리그라피 액자가 있는 반이라고 좋아한다. 이 액자들은 학년말에 학급 포인트가 가장 많은 다섯 명에게 선물로 줄 예정이다. 다른 반 아이들에게는 좋은 문구를 써서 코팅해서 선물한다. 선생님이 주신 거라며 고마워하는 모습을 보면 뿌듯하다. 어떤 선생님이 나보고 타로로 상담해 주고 캘리그라피로 성경 말씀을 부적처럼 써 주라고 해서 한참을 웃었던 적도 있었다. 나의 단점을 감추려고 시작했던 캘리그라피가 재능이 되어 사람들에게 선물할 수 있어 참 감사하다.

　나는 아이들이 "전 학원을 안 다녀서 공부를 못해요." 하는 말을 종종 들었다. '왜 그런 말을 할까. 나는 학원에 다니지 않았어도 공부를 잘했는데. 요즘은 경쟁이 워낙 치열해서 옛날과는 다르니 저런 말이 나오나.' 하고 이해하려고 하면서 그런 아이들을 도와줄 방법을 찾고 싶었다. 나는 학생들이 학원에 다니지 않아도 혼자서 공부할 힘을 키워 주고 싶었다. 그래서 처음 찾아갔던 곳이 창의 인성 자기주도학습 플래너 전국지도자 워크숍이었다. 그곳에서 징검다리라는 플래너를 만났고 그 방법으로 우리 반 아이를 학원 공부 없이 외고에 합격을 시켰다. 물론 그 아이는 기본 실력이 뛰어난 학생이었고 공부에 대한 열의가 있는 학생이어서 성공했을 수도 있지만 일단 학원을 안 다니고 외고를 보냈다는 것에 확신이 생겼다. 그래서 제대로 공부를 하고 싶었다. 그래서 도전한 것이 자기주도학습 코치 상담사 2급 자격증이다. 일단 자격증은 취득했는데 실습을 할 방법을 몰라서 사단법인 좋은 교사 소속의 학습코칭 전문 모임에 들어갔다. 그 모임에는 자기주도학습에 대해 10년 이상 연구하고 내공을 쌓으셔서 학교 현장에 적용하고 있고 강의도 다니시는 선생님들이 계셨다. 학습 동기유발부터 계획 세우기, 시간 관리, 읽기 전략, 암기 전략 등 여러 가지 학습전략까지 배울 내용이 너무 많다. 이분들과 함께 꾸준히 모임을 하고 배우는 중이다. 이 공부가 끝나면 내가 진로상담 교사가 되려나 하는 기대도 해 본다.

　사교육 없이 왜 공부해야 하는지 목표를 정하고 스스로 계획을 세워 공부하는 것, 이것은 내가 가르치는 아이들뿐만 아니라 하나뿐인 아들 우리 은우에게도 적용해 보고 싶은 길이다. 이 공부를 꼭 끝까지 해내서 학원 키즈가 아닌 자기 주도적 학습이 되는 아이들로 키워 내고 싶은 소망이 있다.

캘리

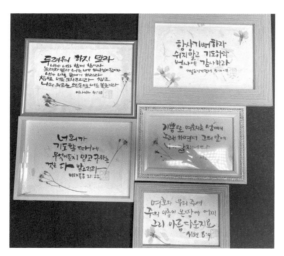

캘리 액자

아이들이 공부할 때나
여가를 보낼 때도
그 행동의 목적이 있고
의미를 찾을 수 있었으면 좋겠다.

그리고 그 아이들 옆에서
의미를 찾는 길을 안내해 주고
잘한다고 응원해 주는
든든한 어른이 있었으면 좋겠다.

그 어른이 선배가 되든지,
교사가 되든지, 부모가 되든지.

든든한 선배가 된 제자들

◖

"이 삶에서 행복을 위한 세 가지 필수 요소는
해야 할 것, 사랑할 것, 희망할 것이다."

– 조지프 애디슨

중학교 3학년 2학기가 되면 특성화 고등학교 원서를 쓸 학생들과 상담을 시작한다. 좋아하는 분야가 무엇인지, 인문계에 가서 다른 친구들과 경쟁에서 살아남을 수 있을지 여러 가지 생각을 하고 결정하게 한다. 그런데 우리 반 꼴찌 남학생은 아무 생각이 없었다. 성격은 좋아서 친구들 좋아하는 착한 학생이었다. 단 공부에는 흥미가 없어서 수업 시간에는 힘이 없다가 쉬는 시간 종 치기 5분 전부터 복도로 나가려고 한 다리를 책상 밖으로 빼고 기다리고 있다가 종 치면 바로 달려 나가는 학생이었다. 상담을 시작할 때는 다른 아이들 가는 인문계 고등학교에 간다고 했다. 평준화 지역이어서 친구들 대부분이 인문계로 가기 때문에 같이 갈 생각을 하고 있었다. 공부할 생각이 없는데 인문계를 간다고 하는 것은 시간 낭비일 것 같아서 좋아하는 분야가 무엇인지 물으니 게임과 음악을 좋아한다고 했다. 그래서 게임 관련 고등학교를 추천해 주었다. 게임을 만들거나 게임 음악을 만들어도 좋을 것 같았다. 하지만 지방에 있는 고등학교라고 원하지 않았다. 특성화 고등학교 원서 마감 날짜는 다가오는데 이 학생을 어떻게 해야 하나 고민하던 중 서울에 있는 요리 관련 고등학교에서 그해부터 내신을 보지 않고 면접으로만 학생을 선발한다는 것이 생각이 나서 혹시나 하고 권유를 해 봤더니 부모님과 상의 후 요리 관련 고등학교로 진학하겠다는 것이었다. 그 아이는 성실하기에 자기가 좋아하는 것을 하면 잘 할 것이라는 확신이 있었다. 면접 준비를 위해 포트폴리오로 자기가 좋아하는 요리사와 자신이 해 봤던 요리의 요리법 등을 정리하였고 면접 준비도 열심히 했다. 그리고 이 아이는 합격을 하였다. 문제는 통학 거리가 왕복 3시간이라는 것이었다. 하지만 이 아이는 요리 고등학교 진학 후 스승의 날에 나를 찾아와 학교에 만족도가 높다며 자신의 학교생활을 행복하게 이야기했다. 나중에 자신의 이름을 건 식당을 차린다고 하면서 나에게 맛있는 밥을 대접하겠다고 했다.

그다음 해도 3학년 담임을 했고 역시나 2학기에 상담을 진행하다가 자신의 꿈이 바리스타나 베이커리 분야라는 아이가 있었다. 이 아이도 차분하고 성실해서 좋아하는 일을 하면 두각을 나타낼 수 있을 것이라 확신이 들었다. 다양한 요리 관련 고등학교를 놓고 상담을 하다가 작년에 서울 요리 관련 학교로 보낸 그 아이가 생각이 났다. 그 학교에는 카페 베이커리 관련 학과도 있어서 정보를 줄 수 있을 것 같았다. 전화번호를 줘도 되는지 묻고 두 아이를 연결해 주었다. 통학 거리, 학교의 교육과정, 진로 등의 정보를 들은 아이가 이 학교로 진학을 결정했다. 이 아이도 3시간의 통학 거리에도 만족도 높은 학교생활을 하고 있다고 나를 찾아와서 이야기해 주었다. 수행평가가 커피 추출하기인데 정확한 ml를 맞춰야 한다며 연습 중이라고 했다. 사복을 입고 학교를 찾아왔는데 너무 예쁜 숙녀가 되어 있었다. 스승 초청의 날 행사가 있다며 초대를 했는데 시간상 문제로 갈 수가 없어 아쉬웠다.

서울로 다니는 낯선 학교지만 서로 의지할 수 있는 선배, 후배가 있다는 것이 큰 위안이 될 것이다. 우연히 학교에서 만나도 반가운 사람들일 것이고. 우연히 우리 반 제자가 되어서 한 학교에 다니는 선후배가 되어 자신들의 꿈을 위해 하루하루 보내고 있다고 생각하니 너무 뿌듯하다는 생각이 들었다.

공부를 잘하지 못해도 자신이 좋아하고 잘하는 것이 무엇인지 빨리 발견한 학생과 자신이 잘하는 것이 무엇인지 모르지만, 자신이 처한 환경에 긍정적으로 적응하는 학생은 앞날이 밝을 것이라 예상이 된다. 최종 목적지가 어디인지 모르면서 남들 가는 길이니 아무 생각도 없이 따라가고 있는 학생들보다 목적지를 알면서 기쁜 마음으로 가는 것이 더 행복할 것 같다.

이 사회가 학벌을 따져서 대학을 나왔느니, 어느 대학을 나왔느니 따질 때 실력으로 인정받으며 자기 일에 자부심을 느끼는 아이들로 성장했으면 좋겠다.

국제정신분석가인 이무석 박사님의 『이무석의 마음』이란 책에 참혹한 아우슈비츠에서 살아남은 이들은 신체가 건강한 사람이 아니라 몸은 약하지만 이루어야 할 목적이 있고 삶의 의미를 가진 이들이었다는 내용이 나온다.

이처럼 아이들이 공부할 때나 여가를 보낼 때도 그 행동의 목적이 있고 의미를 찾을 수 있었으면 좋겠다. 그리고 그 아이들 옆에서 의미를 찾는 길을 안내해 주고 잘한다고 응원해 주는 든든한 어른이 있었으면 좋겠다. 그 어른이 선배가 되든지, 교사가 되든지, 부모가 되든지.

가끔 학교에 특성화 고등학교로 진학한 졸업생들이 찾아올 때가 있다. 스승의 날이 다가오면 모교 방문의 날이 있어 찾아온다. 그럼 항상 묻는 말이 "학교 마음에 들어? 후배들 보내도 괜찮아? 어떤 점이 좋아? 어떤 후배가 갔으면 좋겠어?"라고 정보를 물어본다. 그리고 그 분야에 관심 있는 학생들을 소개해 주고 연결을 시켜준다. 앞의 아이들처럼 요리 분야뿐만 아니라 간호 분야, 미용 분야 등 다양하다.

올해는 1학년 담임이다. 진로를 결정하기에 아직 2년이 남아 있는 아이들에게 난 항상 자신이 좋아하는 일이 무엇인지 관심을 가지고 찾으라고 한다. 그림 그리는 것이 좋은지, 운동하는 것이 좋은지, 혼자 있는 것이 좋은지, 친구들과 함께 있는 것이 좋은지 자신에게 꾸준히 관심을 가지라고 한다. 그리고 자신의 장점을 찾아서 칭찬하는 습관을 위해 자기 사랑 일기도 날마다 작성하게 한다. 영국에는 'What matters most is how you see yourself.'라는 말이 있다. '가장 중요한 것은 자신을 어떻게 보느냐, 어떻게 평가하느냐.'라는 것이다. 자기를 사랑하는 사람은 자신이 어떤 일을 하든지 자부심을 느끼고 주변의 시선에 흔들리지 않고 자신의 길을 나아갈 수 있다고 믿는다. 마음이 건강한 아이들이 이 세상을 건강하게 만들 것이라 믿는다.

　좋은 대학 가는 것을 목표로 삼는 것이 아닌 어떤 삶을 살고 싶은지가 목표가 되는 아이들, 얼마를 벌 것인가가 목표가 아닌 돈을 벌어 어떻게 가치 있게 사용할 것인지 고민하는 아이들, 경쟁에서 이겨 내야지가 아닌 함께 잘 살아가야지가 목표가 되는 아이들을 길러내고 싶다. 이런 아이 중에 글로벌 리더가 나올 것으로 생각하고 오늘도 행복한 교사로 살고 있다.

새로운 꿈, 진로상담 교사

◖

"이루고 싶은 모습을 마음속에 그린 다음 충분한 시간 동안
그 그림이 사라지지 않게 간직하고 있으면, 반드시 그대로 실현된다."

– 윌리엄 제임스

협동학습 연구회를 통해 다양한 구조를 배우고 영어 교사로서 즐거운 영어수업을 위해 노력하였다. 다 같이 손동작과 함께 "Let's study English you and me!"를 외치고 수업을 시작한다. 모둠 활동 중 집중시키기 위해서 "Look Look Look at me!" 외치면 아이들이 "Look Look Look at you!"로 대답하며 나를 바라본다. 학생이 발표하면 "Clap for praise!"라고 내가 외치면 아이들은 짝짝 짝짝짝 "Good job!"을 외치면서 재미의 요소를 넣어 함께 성장할 수 있는 수업을 디자인했다. 그러던 어느 날 영어에 흥미가 전혀 없어 기초학력이 미달 된 아이를 끌고 가려고 하니 한계에 부딪혔다. 이 아이에게 공부의 필요성을 아무리 이야기해도 그 아이에게는 하기 싫은 공부를 억지로 시키는 선생님이 될 뿐이었다. 그래서 방법을 찾다가 자기주도학습, 학습코칭을 공부하기 시작했고, 영어 교사보다 아이들의 진로를

같이 고민해 주는 교사가 되면 좋겠다는 생각을 하게 되었다.

대학원을 알아보니 주중에 다녀야 하는 대학원과 방학 중에 다녀야 하는 대학원이 있었다. 주중에 학교 근무를 하면서 공부를 하는 것은 힘들 것 같아 방학 중에 중점적으로 공부할 수 있는 대학원에 먼저 면접을 봤으나 떨어졌다. 하지만 나는 실망하지 않고 또 다른 대학원에 도전했다. 사실 근무하면서 공부하는 것이 힘들어서 피했던 대학원이었지 두 번째 지원하는 대학원이 원래 가고 싶었던 대학원이기도 했다. 다행히 그 대학원에 합격했지만, 공부를 시작하려고 하니 아들이 걱정되었다. 친정엄마가 돌봐주시겠다고는 하셨는데 그때 친정엄마가 허리 디스크 수술을 하셔서 회복 중에 계셨기 때문에 미안한 마음도 있었다. 그래도 마음먹은 공부이니 진행하기로 했다.

매주 일주일에 두 번, 퇴근하고 집에 주차한 후 다시 지하철을 타고 대학원으로 향했다. 사실 난 운전을 무서워해서 야간 운전은 자신이 없었기 때문이다. 근무 후 지친 몸인데 지하철 안은 앉을 자리도 없는 빽빽한 퇴근길이었다. 근처에서 간단하게 저녁을 해결하고 수업을 듣는데 너무 재미있었다. 새로운 것을 배운다는 것은 언제나 나에게 신선한 자극이 되었다. 진로진학 대학원 2기 선생님들은 스물두 명이었는데 새로운 인간관계를 만들어 가는 것도 나에겐 설렘이었다. 다양한 배경에서 다양한 이유로 진로 진학 대학원에 들어와서 동기로 만났다는 것이 참 소중했다. 하루는 수업이 끝나가는데 전화가 왔다. 친정엄마의 전화였는데 첫마디가 "놀라지 말고 받아라."였다. 무슨 일이냐고 물으니 은우가 응급실에 있다고 했다. 택배가 와서 정리하는데 스티로폼 상자를 가지고 놀던 아들이 스티로폼 옆에 발을 두고 칼을 쭉 그었다고 한다. 나는 너무나 놀라서 택시를 잡는데 어찌나 택시가 안 잡히던지 도로로 뛰어들었다. 그땐 택시 부르는 어플이 생각나지도 않았다. 응급실에 도착하니 은우는 차분하게 앉아 있고 의사 선생님이 발을 꿰맬 준비를 하고 계셨다. 의사 선생님이 자신의 발을 보여 주시며 똑같은 곳을 꿰맸다고 은우를 안심시키고 계셨다. 너무 감사한 상황이었고 은우는 다행히도 다른 신경은 다치지 않아 몇 바늘 꿰매고 무사히 치료를 마치고 나왔다. 집에 와서 들어보니 피가 치솟아 할머니가 수건으로 싸매 지혈을 하고 병원으로 유모차에 태워 갔다고 했다. 나보다 친정엄마가 더 놀라셨을 것 같은데 딸이 놀랄까 봐 걱정하시는 엄마가 참 감사했다. 이런 우여곡절 끝에 5학기 수업을 마치고 졸업식을 앞두고 있는데 코로나가 시작되어 다 함께하는 졸업식을 하지 못해 아쉬웠다. 나는 감사하게도 대학원장 상을 받았다. 수업 시간마다 맨 앞에 앉아서 수업에 참여해서인지 아니면 배움을 즐겨 하는 모습이 인상적이었는지 잘 모르겠지만 귀한 상을 받게 되어 감사했다.

졸업한 첫해 서류 접수를 하였으나 경력 평정이 원서 접수 기준 10년이었는데 난 그 10년 동안 임신과 출산 그리고 신랑의 사망으로 담임 업무를 하지 못했다. 그래서 원서 접수에 의미를 두었다.

학교를 옮긴 첫해 두 번째 진로 교사 서류를 같은 학교 선생님과 함께 접수하였다. 면접 접수는 분명 내가 높았는데 담임과 부장 경력 점수에서 차이가 나서 떨어졌다. 나보다 경력이 적고 대학원 졸업 예정자 선생님이 합격하신 것이다. 담임과 부장 경력 평정 기간의 점수로 또 실패했다.

세 번째 도전에도 평정 점수의 기준이 변함이 없으니 나에겐 기다림이 필요했는데 면접의 기회가 주어졌다. AI 면접이라 집에서 옷을 단정하게 입고 면접을 보고 있는데 갑자기 방에 있던 은우가 나와서 말을 시키는 바람에 면접 기회가 허탈하게 마무리되었다. 이 사정을 들은 친정엄마는 대학원장 상을 받았는데 왜 발령을 안 내주냐고 서운해하셨다.

네 번째 도전은 면접의 기회도 오지 않았다. 하지만 다섯 번째 도전에서는 평정 기간에 변경이 생겼다. 10년이 아니라 총경력으로 바뀐 것이다. 면접의 기회가 올 것으로 생각하면서 준비를 열심히 했는데 1차에서 또 떨어져 면접의 기회가 오지 않았다. 장학사님께 물어보니 총경력으로 바뀌면서 모든 지원자 선생님들이 그 항목에서는 만점을 받았고 그 외에 진로 관련 포상, 연구 대회, 위촉장, 상담 자격증 등을 가지고 계신 분들이라고 했다. '경기도 선생님들은 다들 열심히 준비하시는구나.'라는 생각이 들었다. 그때 즈음 우리 학교에 강의하러 오신 선생님이 계셨는데 대학원 동기였던 선생님이셨다. 다들 첫해 진로 교사로 발령이 나서 벌써 4년 차가 되고 자리를 잡아 강의를 다닐 정도가 되었구나 싶으니 부럽기도 했다.

올해 여섯 번째 도전장을 내밀었다. 올해 또 평가 기준이 변경되어 있었다. 총경력으로 변경되면서 담임 경력이 월 0.3점에서 월 0.15점으로 낮춰져 있었다. 희망이 더 없어졌다고 생각했는데 포상 부분이 진로 관련이 아니라 교육청에서 주관한 상이면 된다고 해서 상장을 모두 모아 보았다. 적지 않은 상장이었다. 교육감 표창 네 개, 교육장 표창 두 개, 교육감 위촉장 두 개, 교육장 위촉장 한 개 살짝 기대해 볼까 했다. 올해 우리 학교로 전근

오신 선생님 중에 대학원 동기 선생님이 계셨다. 난 '나만 아직 진로 교사가 못 된 건가 했는데 아직 안 되신 분이 더 계셨구나.' 하는 위로를 하며 둘이 열심히 원서를 준비해서 접수해 보았다. 그 선생님에 비해 상장은 많으나 경력 점수가 낮으니 나는 또 1차에 떨어져서 면접까진 갈 수가 없었다. 그런데 원서를 준비하는 과정에서 놀라운 사실을 알게 되었다. 그 선생님이 나와 같은 고등학교를 나왔다는 것이다. 난 고등학교를 졸업하고 같은 고등학교를 졸업한 선배, 후배를 만난 적이 없어 그 선생님이 내 선배라는 것이 너무나 반가웠다. 같이 대학원 다닐 때는 몰랐던 사실을 같은 학교 근무하면서 알게 되니 더 신기했다. 그 선생님은 꼭 합격하셔서 내 앞에 진로 교사가 되어 내가 부족한 부분을 알려 주시는 선배님이 되었으면 좋겠다고 생각했는데 그 선생님도 합격하지 못하셨다.

남들은 여섯 번이나 떨어져서 서운하겠다고들 하는데 난 전혀 서운하지 않다. 난 영어 교사로 아이들을 더 만날 수 있고 때가 되면 하나님이 진로 교사로의 삶도 열어 주실 것을 믿기 때문이다. 어떤 선생님이 나를 위로하신다고 "고나원 선생님은 담임해야지. 담임 안 하고 진로실에 혼자 앉아 있으면 외로워서 안 돼." 그러면 다른 선생님이 "아니지! 애들이 진로실에 앉아서 안 나올걸. 타로 맛집이라고 줄 서서 기다려, 기타 치고 노래 부르느라 날마다 시끄럽고!" 하면서 한바탕 웃었다.

"텅 비어 있어서 더 충만하고 불안전한 덕분에 더 아름답다.
나답게 산다면 그걸로 충분하다."

인문교육 전문가인 김종원 님의 『너에게 들려주는 단단한 말』에 나온 노자의 말 중에 이런 글귀가 있다. 내가 진로 교사로서 아직 부족하기에 나의 부족함을 채울 시간을 주시는 것이고, 그 부족함, 불안전함을 채우기 위해 노력하면서 나는 살아 있음을 느낀다. 또한, 난 영어 교사로 아이들을 만나며 배움의 즐거움을 함께 나눌 것이다. 팝송도 부르고, 문법송도 부르고 함께 삶의 춤을 추면서 나답게 살 것이다. 그리고 때가 되면 진로 교사로서 공부를 잘하지만 꿈이 없는 아이들, 또는 공부를 못해서 기죽어 있는 아이들 모두와 함께 고민하고 미래를 설계하며 희망찬 미래를 꿈꾸는 교사가 될 것이다.

교직의 친정집, 협동학습 연구회

◖

"인생에서 진짜 비극은 천재적인 재능을 타고나지 못한 것이 아니라,
이미 가지고 있는 강점을 제대로 활용하지 못하는 것이다."

- 벤자민 프랭클린

첫 학교에서 나는 어떻게 수업하는 것이 아이들이 어려워하는 영어를 재
밌게 받아들이게 할 수 있을까에 대한 고민을 많이 했었다. 다른 과목에 비
해 실력 차이도 크게 나서 파닉스가 아직 안 되는 학생과 수능 문제를 풀
고 있는 학생이 한 교실에 앉아 있었다. 그 간격을 교사가 채우기는 힘들
것 같아 나름대로 모둠을 만들어 친구들이 도와주며 협력하는 수업을 진행
하고 있었다. 그러던 어느 날 학교에서 연수를 진행하는데 주제는 협동학
습이었다. 강사로 오신 선생님의 인상이 너무 좋고 연수 또한 즐거웠다. 연
수를 듣는 동안 내가 수업하는 방법에 이름을 붙여 놓고 '구조'라고 하는 것
을 알게 되었다. 그때부터 협동학습에 관심이 가기 시작했다. 더 자세하고
구체적으로 배우면 내 수업이 더 풍성해지고 아이들과 더 다양한 활동으로
수업을 할 수 있을 것 같았다. 그래서 협동학습 연구회의 문을 두드렸다.

사실 그전에는 기독교윤리실천운동(기윤실) 모임에 나가고 있었다. 기독 교사로서 2주에 한 번씩 모여 학교와 교육을 위해 기도하고 서로를 중보 기도 하는 모임이었다. 그 모임의 선생님들께 너무나 감사한 일이 있었다. 그 모임을 나가고 서로 중보기도를 하기 위해 기도 제목을 나누는 시간이 었다. 난 선생님들께 과거의 나의 병력을 이야기하고 지금도 진통제와 수 면제를 먹고 있다고 말을 했다. 그래서 기도 제목으로 이 약들 없이도 잠을 잘 자고 통증이 사라지는 것이라고 말했다. 그리고 2주 후 다시 모임에 나 가 그동안 기도의 응답을 받은 것이 있으면 나눠 보자고 했다. 그때 알았 다. 내가 중보기도 제목을 말한 후 언제인지는 모르겠지만 약을 안 먹고 있 다는 것을! '와~ 정말 할렐루야!'였다. 그때까지 정말 내가 약을 안 먹고 있 는지를 몰랐다. 그 후로 지금까지 난 두통으로 아직 약을 먹고 있지 않다. 사실 원인 모를 두통에 시달리며 먹은 그 수많은 진통제를, 약물 중독이란 말을 들었던 그 진통제를 나도 모르게 중보기도의 힘으로 끊게 되었다. 내 의지가 아니고 하나님의 은혜인 것이다. 진통제를 먹으면 오른쪽 얼굴 쪽 에 마비가 와서 불편했는데 더는 그 통증과 불편함을 느끼지 않게 되었다. 그때 함께 기도해 주신 선생님들께 정말 감사를 드린다.

협동학습 연구회도 기독 교사들의 모임이었다. 한 달에 두 번 모이는데 모일 때마다 찬양과 기도로 시작하고, 간단한 저녁을 함께 먹고, 학교생활 나눔을 한다. 그리고 발표를 맡은 선생님의 설명을 들으며 책 나눔을 하고 협동학습 구조를 하나씩 배워나갔다. 코로나 전에는 대면 연수가 있어서 여름방학, 겨울방학 연수에 모두 참여했었다. 역시나 배워가는 재미와 배운 것을 학생들에게 적용했을 때 아이들의 반응이 나를 더 협동학습 배움에 욕심을 내게 했었다.

어느 겨울 협동학습 연수 때 연수생으로 참여하고 있었는데 강사로 오셔야 하실 선생님이 교통사고가 나서 못 오신다는 연락이 왔다. 급하게 대체 강사를 구해야 한다고 연구회 선생님이 나에게 학급경영에 대한 연수를 부탁하셨다. 내가 그동안 많은 도움을 받은 상황이라 은혜를 갚아야겠다라는 생각에 대타 강사를 하게 되었다. 그때 내 연수를 들으신 선생님들의 폭발적인 반응이 내 강의에 대한 자신감을 주었고, 실수하지 않았다는 안도감을 주었다. 이때부터 나는 협동학습 연수 강사로 몇 번 더 강의할 기회가 주어졌다.

코로나 전에 2년마다 열렸던 기독 교사대회에 참석하던 때였다. 행사를 마치고 집으로 돌아오는 길에 운전을 무서워하던 때라 다른 선생님의 차를 얻어 타고 왔다. 그때 같이 차를 탄 젊은 남교사 선생님이 우연히 영어 교사라는 것을 알게 되었다. 집에 오는 차 안에서 그 선생님이 수업하는 동안 겪었던 어려움을 이야기하면 내가 "이렇게 해 보세요."하고 조언을 해 주었는데 그 선생님이 내가 알려 준 활동들이 너무 재밌을 것 같다고 꼭 해 봐야겠다고 이야기를 하셨다. 그래서 내가 하는 것이 효과적인 방법인지, 다른 방법은 없는지 궁금해서 협동학습 연구회의 영어과 모임에 찾아갔다. 그리고 선생님들과 효과적인 영어 수업에 대해 많은 이야기를 나눴고 협동학습 영어과 연수에서 나의 경험담을 나누는 강사로 참여하게 되었다.

내가 임신하게 되면서 담임을 못 하게 될 것 같아 지금까지 내가 협동학습 연구회에서 배워서 실천한 학급운영을 정리해야겠다는 생각이 들었다. 아침마다 하는 축복 조회, 숨은 선행을 찾아내는 스파이 종례, 긍정의 힘을 키우는 감사일기, 시험 볼 때는 내가 약사가 되어 긴장을 낮출 수 있는 비타민으로 만든 약, 학급의 날 하는 다양한 레크리에이션, 학급행사 등 그리고 아이들의 학습 향상을 위한 밥값 영어, 플래너 쓰기 등 모든 활동을 정리하여 경기도 바른 인성교육 실천 사례 연구 대회에 제출하였다. 그랬더니 2등급이라는 성과를 거두었고 이 일을 계기로 학급운영에 대한 강의 요청이 들어오기 시작했다. 인근 중학교, 고등학교, 심지어 다른 시도에서도 연락이 왔는데 그때 임신 중이라고 했는데도 간곡히 부탁해서 신랑이 운전하고 다녀온 적도 있었다.

지금은 협동학습 연구회에서 만난 선생님들과 학습 코칭을 함께 공부하고 있다. 어느 정도 학문적 기본이 쌓이고 실전 적용 시간이 쌓이면 이것 또한 선생님들께 나눌 수 있는 시간이 있을 것이라 기대해 본다.

나에게 협동학습 연구회는 교직의 친정 같은 곳으로 내가 학교생활에서 힘든 고민을 갖고 모임에 가면 내 이야기를 다 들어주고 공감해 주는 공동체이다. 결혼할 때 멀리까지 와서 축하해 주고, 은우가 태어났을 때는 누구일보다 기뻐해 주고, 신랑이 천국 갔을 때 같이 슬퍼해 준 가족 같은 분들이시다. 협동학습 연구회가 지금은 '사단법인 함께 교육'으로 이름이 바뀌었지만, 그 단체에 소속되어 있다는 소속감이 나에게 안정감을 주고 함께 성장할 동력이 되어 준 것이다.

사실 내가 잘나서 강의를 다니는 것이 아니었다. 나는 내 강의를 듣고 있는 선생님들보다 학벌도 좋지 않고, 경력도 많지 않은, 배워야 할 것이 더 많은 교사이다. 그런데도 내가 강의를 하는 이유는 나의 활동이 다른 선생님들에게 조금이라도 도움이 되길 원하기 때문이다. 먼저 해 보니 이런 것이 좋더라, 이런 것은 주의해야 한다고 전해 주고 싶어서이다.

만화가이자 도담대안학교 교장 선생님인 김준희 님의 『역시! 너는 괜찮아』에 나왔던 "지혜는 더하고(+), 욕심은 빼고(-), 희망과 행복을 곱하고(×), 시간과 평화 나누기(÷)" 문구를 패러디해 본다. 행복한 학생과 행복한 교사가 되기 위해 선생님들과 지혜를 더하고(+), 잘하고 싶다는 욕심은 빼고(-), 선생님과 학생들에게 희망과 행복이 곱절(×)이 되게 하고, 내 시간과 재능을 나누면서(÷) 선생님들에게 위로가 되는 시간을 만드는 것이 나의 목표이다.

영어과 협동학습 강사증

협동학습 강사증

항상 버킷리스트에 올려놓고
다양한 책을 읽고,
일기를 쓰고 자료를 모으면서
준비를 하였더니
이렇게 책을 완성하게 되는 순간이 오게 되었다.
역시 말로 선포하고 실행에 옮기면
결과는 나오게 되어 있다는 확신이 든다.

꿈이 있다는 것, 목표가 있다는 것은
가슴 설레고 살아갈 용기를 주는 것이다.

하고 싶은 일이 아직 많아요

◗

"당신이 할 수 있거나 할 수 있다고 꿈꾸는 모든 일을 시작하라.
새로운 일을 시작하는 용기 속에 당신의 천재성과 능력
그리고 기적이 숨어 있다."

- 요한 볼프강 폰 괴테

세계적인 리더십 석학으로 알려진 스티븐 코비가 이런 말을 했다. "사람에게 가장 강력한 동인은 결국 소망이다. 그리고 그 소망은 목표와 계획이라는 엔진을 얻을 때 현실이 된다." 난 목표와 계획 세우기의 엔진의 중요성을 알고 있기에 매년 목표 세우기를 한다.

매년 12월 31일이 되면 그 해 써 놓았던 목표를 보며 반성하고 새해 이루고 싶은 목표와 버킷리스트를 작성한다. 이것은 내가 교사가 되면서 시작한 연례행사다. 은우가 태어나고 글씨를 쓸 수 있게 되면서는 은우랑 함께하는 연례행사가 되었다.

해야 할 일과 하고 싶은 일이 너무 많아서 하나하나 적어 가다 보면 언제 이룰지 모르기에 매년 단위로 도전을 하는 것이다.

성경 일독은 매해 들어가는 목표이다. 일반도서와 연구용 도서 읽기에 시간을 빼앗겨 항상 성경 읽기가 뒷전으로 밀리기는 하지만 하나님 말씀을 읽자는 것을 마음으로만 생각하는 것보다 써 놓고 항상 보면서 되새기는 것이다. 올해는 잠자리 독서만큼은 꼭 성경책으로 하자고 구체적인 계획을 세우니 작년보다는 더 읽게 되는 것 같다.

체중조절 또한 매해 적는 나의 목표이다. 갑상선 기능저하증으로 불어난 살인지, 소위 말하는 나잇살인지 체중이 쉽게 빠지지 않는다. 3kg 감량이라고 목표를 정했지만 실패했다. 목표에 대한 구체적인 제시가 필요한 것 같아 6시 이후 먹지 않기로 정해서 성공은 했는데 감량엔 실패했다. 그래서 다음엔 밀가루, 튀김 줄이기로 정했는데 실패. 그래서 관점을 바꿔서 운동으로 목표를 정했다. 꾸준히 걷기, 이제는 주 3회 30분 이상 달리기이다. 마라톤과 함께 연계해서 꼭 성공했으면 좋겠다. 이렇게 목표를 정하고 목표를 써서 시각화하는 것의 중요성을 알기에 써 놓고 도전 중이다.

나의 악기 도전기는 연주하고 싶다는 욕망과 할 수 있다는 꿈을 꾸면서부터 시작되었다.

초등학생 때 집에 찌그러져 있는 하모니카를 불어 보았다. 들숨과 날숨에 소리가 변한다는 것을 알았고 도레미파솔라시도 음정을 확인한 후 혼자서 동요를 불렀던 것이 악기의 시작이다. 시골에서 볼 수 있는 가장 멋진 악기는 피아노였다. 그래서 엄마에게 피아노를 배우게 해 달라고 졸랐고 바이엘은 교회 옆 피아노 학원에서 배웠다. 심심할 때면 교회에 가서 피아노를 치고, 찬송가를 치며 시간을 보냈다.

그다음 악기가 기타였다. 중학생 때 집에 누구 것인지 모르는 기타가 있어서 어설픈 모양새를 하고 흉내만 냈다. 그러다 책장에 꽂힌 기타 교본이 있길래 따라서 코드를 잡아 보았고 퉁겨보고 노래를 불러보았다. 시골에는 기타학원이 없으므로 교회 목사님 아들에게 가끔 가서 배운 것이 전부였다. 누구 앞에서 연주할 정도의 실력은 아니지만, 알고 있는 코드 몇 개로 혼자 분위기에 취해 노래 부르고 찬양할 정도는 되었다. 한번은 학교 방과 후 수업으로 기타 수업이 있길래 학생들 틈에 끼여 배워보려고 했는데 방과 후 수업 강사 선생님이 안 배워도 되는 실력이라고 해서 머쓱한 적도 있었다. 사실 전문적으로 배운 사람들이 하는 스트로크 주법, 슬로우 고고, 스윙 이런 것은 모른다. 그 음악에 맞춰 내 느낌대로 치면서 노래를 부르는 것이니까. 교사가 되어 아이들과 레크리에이션 할 때 기타 들고 가서 노래를 부른다. 교회 전도회에서 특송이 있으면 기타로 반주도 한다. 은우가 태어나서 육아송을 만들 때도 모두 기타로 코드를 만들고 피아노로 멜로디를 연주했다. 지금은 방과 후 수업으로 기타를 배우고 있는 아들과 함께 기타를 치며 노래를 부르는 같은 취미가 되었다.

교사로 발령을 받아 근무하는 첫 학교에서 축제일이 다가오고 있었다. 교사밴드를 만드는데 악기 다룰 수 있는 것을 물었다. 배운 적 없는 기타라고 해야 하나 아니면 찬송가 칠 수 있는 피아노라고 해야 하나 고민하는데 "문법송 만들어 부르는 것을 봤어요. 기타 칠 수 있잖아요." 하셔서 기타를 맡기로 했다. 그런데 다른 선생님과 겹친다고 하면서 나보고 베이스기타를 치라고 하셨다. 베이스기타는 만져 본 적도 없는데 새로운 악기라고 하니 또 흥미가 생겼다. 마침 오빠가 배우려다가 안 치고 있는 베이스가 있다고 해서 가져왔고 레슨을 한번 받고 연습을 시작했다. 단기간에 익숙해지기 위해 퇴근하면 계속 베이스를 품에 안고 연습을 하고 심지어 잘 때도 안고 잤었다. 그렇게 곡을 두 곡 연습해서 축제 때 교사밴드 베이시스트로 연주를 했다. 악기는 고음을 내는 악기보다 저음으로 음악의 기본음을 잡아주면서 없는 듯, 하지만 없으면 뭔가 아쉬운 악기가 매력이 있는 것 같다.

축통이가 배 속에 있을 때 태교에 좋은 악기가 저음이 나는 첼로라는 이야기를 읽었다. 마침 학교 방과 후 수업에 첼로 수업이 있어서 학생들과 함께 배우면 되겠다는 생각이 들었다. 그리고 시댁에 사용하지 않는 첼로가 있어 가지고 와서 아이들과 함께 배우기 시작했다. 첼로의 저음이 너무 좋았다. 그렇게 첼로를 배우던 중에 시댁에서 가져온 첼로의 울림통에 문제가 생겼다. 고칠 수가 없어 신랑이랑 가서 전시된 첼로를 새로 샀고, 드디어 태어나 처음으로 갖는 나의 새 악기가 생겼다. 출산휴가 들어가기 전까지 배우고 다시 연주를 시작하려고 했는데 출산을 하고 신랑이 천국에 가고, 지역을 옮겨 학교를 옮기는 과정에 첼로는 이삿짐 안에 있는 기억 속의 악기가 되었다. 그러던 어느 날 은우가 바이올린을 시작하면서 학원을 알아봤는데 바이올린 수업뿐만 아니라 첼로 수업도 해 주실 수 있다고 해서 먼지 묻은 첼로를 다시 꺼냈다. 하지만 예체능은 한 번에 레슨비가 너무 많이 들었다. 전공할 것도 아니면서 이렇게 비싸게 레슨을 받을 필요가 있을까 싶어서 혼자 연습하기로 했다. 그러던 어느 날 바이올린 학원에서 발표회가 있다며 첼로를 연주해 줄 수 있냐는 부탁을 하셨다. 내 버킷리스트 중의 하나였던 '무대에서 첼로 연주하기'가 성공한 날이었다.

학교 교원 역량 강화 연수의 날에 칼림바를 배웠다. 연주법이 쉬운데 소리가 예뻤다. 마침 그때 은우가 학교에서 칼림바를 배우고 있어서 칼림바 악보를 사서 함께 연주하면서 은우랑 같은 취미가 또 생겼다.

3학년 졸업 영상을 찍는데 한해는 내가 기타를 쳤고, 그다음 해는 우쿨렐레를 친다고 하셨다. 은우의 우쿨렐레가 있었는데 기타 코드 잡듯이 우쿨렐레 코드를 잡고 기타 치듯이 치면 되었다. 그래서 이번엔 우쿨렐레 코드를 외워 3학년 졸업 영상을 찍었다. 역시 새로운 것을 배워가는 것은 재밌다.

새로운 취미들은 새로운 도전에서 출발했다.

어렸을 때 나는 털실로 겉뜨기, 안뜨기해서 인형 옷을 만들었다. 수업 시간에 배운 겉뜨기, 안뜨기, 그리고 그 순서를 조금만 변경하면 무늬가 나온다는 것이 신기했었다. 그래서 은우가 어렸을 때 내가 은우 모자와 목도리를 털실로 떠주었다. 그러던 중 선생님 중의 한 분이 대바늘이 아닌 코바늘로 본인의 옷과 아이들의 옷을 뜬다고 하셨다. 도전해 보고 싶었다. 옷은 도전하지 못하고 수세미를 도전해 보았다. 도안 구하기도 쉬웠고, 따라 하면 완성되는 것이 재미있었다. 별 모양, 꽃 모양, 수박 모양 등을 만들어 집에서 수세미로 쓰고 지인들에게 선물로도 주니 방학 때마다 지루한 줄 모르고 할 수 있는 취미가 되었다.

교회에서 해외 선교를 가는데 풍선으로 강아지, 칼, 꽃등을 만들 수 있으면 선교지에 가서 유용하게 쓰인다고 했다. 그때 난 선교 갈 생각은 없었으나 풍선으로 뭔가를 만드는 것은 재미있을 것 같아 같이 배웠다. 처음에 나는 풍선이 터질까 봐 무서워서 돌리지도 못했는데 방법을 알고 요령이 생기니 모양이 만들어지는 과정이 흥미로웠다. 1학년 자유학기제 주제선택 수업 때도 프로그램 중 2차시를 풍선 아트로 뭔가를 만들고 만드는 방법을 영어로 써 보는 활동을 했다. 아이들도 풍선으로 무언가를 만들어 완성하는 즐거움을 나와 함께 느꼈다. 가끔 학교 행사 때도 내가 학생들에게 꽃다발을 만들어 주기도 했다. 그 꽃다발을 받는 학생들이 좋아하는 것을 보니 얼마 하지 않는 비용으로 큰 감동을 줄 수 있어 행복했다.

1학년 자유학기제 수업으로 한 선생님이 명화 그리기를 하신다고 했다. 난 그림 그리는 것은 좋아하는데 재능이 없다고 생각했다. 그런데 이 선생님이 하시는 명화는 번호에 맞게 색칠만 하면 그림이 완성되어서 나의 재능과 상관이 없었다. 그 그림을 완성하니 내가 그린 그림처럼 엄청 뿌듯했다. 물론 시간이 오래 걸리긴 하는데 책 한 권 읽는 시간만큼이라 생각하고 작품을 완성했다. 친정엄마에게는 치매 예방으로 사 줬더니 엄마도 작품을 완성해서 뿌듯하신지 벽에 걸어두셨고, 퇴직하신 형부에게도 추천했더니 완성하고 벽에 걸고 다음 작품을 준비 중이라고 하셨다. 명화 그리는 재미 또한 내가 명화를 그린 화가가 된 것 같은 행복감을 준다. 이 그림도 선물을 한다면 정성 가득한 선물이 될 것 같아 열심히 작업하고 누군가 주인이 나타나길 기다려본다.

또 하나는 달리기이다. 이지선 님의 『꽤 괜찮은 해피엔딩』에 화상 입은 몸으로 마라톤 완주를 했다는 내용을 읽고 도전 의식이 생겼다. 평소에는 우리 집 하천 주변을 걷는 것이 다였는데 마라톤, 그것도 기부하는 마라톤을 위해 체력을 키워야겠다는 생각이 들었다. 그래서 일주일에 3~4번씩 달리고 있다. 내 취미는 이제 남을 위해 달리는 것이 추가되었다.

새로 시작하고 싶은, 언젠가 이루고 싶은 버킷리스트도 있다.

아들이 태어나고 로망이 있었다. 아이 옷을 내가 만들어 입히고, 내 옷을 개량해서 아이 옷으로 만들어 주는 것이었다. 그래서 재봉틀을 배워볼까 하고 재봉틀을 샀다. 처음엔 은우 기저귀를 가지고 연습을 했다. 기저귀를 떼니 천 기저귀가 필요가 없어져 기저귀로 통으로 된 원피스를 만들어 보았다. 어설픈 실력이지만 성공은 해서 입히기는 했다. 그러다 재봉틀이 고장이 났는데 아직 수리를 못 하고 수납장 안에 들어 있다. 언젠가 다시 꺼내서 내 옷을 개량해서 입는 것도 자원 재활용 차원에서 도전하고 싶다.

아들과 함께 연주회를 하고 싶다는 것은 나의 희망이다. 그래서 은우에게 바이올린을 가르쳐서 엄마는 첼로, 아들은 바이올린 이렇게 현악 2중주를 하고 싶었다. 하지만 아들은 내 마음대로 되는 것이 아니었다. 바이올린이 힘들다며 2년 배운 바이올린을 그만두었다. 요즘 삼국지에 빠진 아들이 제갈공명처럼 거문고를 연주하겠다고 해서 근처 문화센터에 가야금 수업을 신청해 주었다. 아들이 무슨 악기로 엄마와 연주회를 함께할지는 모르겠지만 언젠가 나는 꼭 아들과 연주회를 하고 싶다. 방청객은 누가 될지는 모르겠지만 말이다.

내가 취득하고 싶은 자격증이 있다. 그건 미용사 자격증이다. 미적 감각이 전혀 없는 내가 미용사 자격증을 취득하고 싶은 이유는 나이 드신 분들에게 파마와 염색해 주는 일과 해외 봉사 갔을 때 커트를 해 주는 것에 유용한 기술일 것 같아서이다. 지금은 내 앞머리도 못 잘라서 미용실로 가고,

눈썹 정리도 혼자 못 하지만 꼭 취득할 것이다. 나를 위한 것이 아니라 봉사를 위한 것이기에.

두 번째 취득하고 싶은 자격증은 정리수납전문가 자격증이다. 좁은 집에서 살지만, 정리만 잘하면 넓은 집이 되는 것이 신기했다. 어떻게 하면 편하게 생활할 수 있는 동선을 만들까 생각하는 것도 재미있을 것 같다. 이 자격증이 있으면 독거노인의 집이나 강박증으로 물건을 버리지 못하고 쌓아놓고 사는 사람들을 도울 수 있을 것 같다. 지금도 나는 우리 집 구조변경하는 것을 즐기고 정리하는 법을 나름대로 인터넷으로 검색하여 활용하고 있다. 이 자격증이 있으면 훨씬 더 생활하기 좋은 환경이 될 것이다.

나는 작곡을 하고 싶다. 은우가 태어났을 때 육아송을 만들어 불렀는데 몇 마디 안 되는 짧은 곡이었고, 영어 문법을 가르치면서 부르는 문법송은 원래 있는 동요나 CM송에 개사를 하는 수준이었다. 인공 지능도 작곡하는 시대인데 나도 할 수 있지 않을까 하는 생각이 들었다. 가끔 엄마의 유전자를 물려받은 아들이 작곡한다고 피아노로 뭔가 새로운 곡을 만드는 것을 보면서 아들과 작곡을 해도 재밌겠다는 생각이 들었다. 그 곡이 CCM이 될지, 아이들에게 꿈과 희망을 주는 노래가 될지, 문법송이 될지는 모르겠지만 나의 노래를 만들어 보고 싶다. 이것도 내가 꿈꾸고 계획하고 있기에 이루어질 것이라고 믿는다.

나는 언젠가 내 이야기를 책으로 써 보고 싶다고 생각했다. 살아가는 데 힘든 일을 겪어 보지 않는 사람이 어디 있겠느냐는 생각이 들지만 내가 선생님으로서 힘든 삶 속에서도 꿈을 포기하지 않았더니 꿈을 이루었다는 이야기를 해 주며 아이들에게 희망을 주고 싶었다. 그래서 학생들에게 수업 시간에 내 이야기를 조금씩 해 주면서, 궁금하면 선생님이 책을 쓸 것이니 꼭 사서 읽어 보라고 했었다. 하지만 그것은 농담이 아니었고 항상 마음속에 내 이야기를 책으로 써야겠다고 하면서 글을 쓰기 시작했다. 항상 버킷 리스트에 올려놓고 다양한 책을 읽고, 일기를 쓰고 자료를 모으면서 준비를 하였더니 이렇게 책을 완성하게 되는 순간이 오게 되었다. 역시 말로 선포하고 실행에 옮기면 결과는 나오게 되어 있다는 확신이 든다. 이제 책을 한 권 쓰고 있으니 내가 정년퇴직하는 날 나의 제자들과 함께 책에 저자 사인을 해 주면서 나의 교직 생활을 정리하는 날을 맞이하고 싶다.

난 배우고 싶은 것이 너무나 많다. 기시미 이치로는 『아무 것도 하지 않으면 아무 일도 일어나지 않는다』에 공부는 자신의 흥미를 채우기 위해 하는 것도 아니고 타인보다 우월하다는 것을 과시하기 위해 하는 것도 아니라고 했다. 그러면서 내가 하고 싶은 말을 정확히 해 주었다. '자신이 얻은 지식이 다른 사람에게도 도움이 되게 하려고 하는 것'이라고 말한다. 내가 목표를 가지고 도전하는 일들이 이런 일이 되길 바라본다. 꿈이 있다는 것, 목표가 있다는 것은 가슴 설레고 살아갈 용기를 주는 것이다.

19년도 계획

100일에 한 권 출판하는 육아일기

◖

"감사의 마음은 우리가 잊고 있던 놀라운 삶을 다시 깨닫게 한다."

- 라이너 마리아 릴케

우리 집에 서울대학교 행복연구센터의 달력이 있다. 행복연구센터와의 인연은 2013년 여름방학 때부터였다. '행복 수업'이란 이름의 교사 연수였는데 연수를 듣는 동안 마음에 큰 울림이 왔다. 행복이란 무엇인가로부터 시작해서 아홉 가지의 방법들이 나열되어 있다. 관점 바꾸기, 감사하기, 비교하지 않기, 목표 세우기, 음미하기, 몰입하기, 관계를 돈독하게 하기, 나누고 베풀기, 용서하기. '이것을 영어 가르치듯이 아이들에게 가르치면 아이들이 더 행복해지지 않을까?' 하는 생각이 들어 2일 동안 신랑이 운전한 차를 타고 서울대학교에 가서 연수를 들었다.

이후로 행복 교육 워크숍에도 참여하며 인연을 계속 이어 가고 있다. 학교에서 교과 외 수업 시간을 맡게 되면 아이들과 알차게 수업하기 위해 언제든지 준비하고 있다.

2024년 10월 달력의 단어가 'nostalgia'였다. 영어 교사의 본능으로 사전을 찾아보니 다음과 같았다.

"노스탤지어(nostalgia)": *a feeling of pleasure and also slight sadness when you think about things that happened in the past*

한국말로 해석하자면 과거에 일어난 일에 대해 생각할 때 기쁨의 감정 또한 약간의 슬픔의 감정이란 뜻이다.

난 축통이가 태어나고 산후조리원에서 집으로 온 후에 맘스 다이어리라는 앱을 알게 되었다. 육아일기를 꾸준히 100일을 작성하면 무료로 출판을 해 준다는 것이었다. 출판이 꿈이었던 나는 무료라는 것이 매력적이어서 내 이야기보다 은우 이야기를 먼저 써 보기로 했다. 하루하루 은우가 어떻게 자라고 있는지 어떤 일이 있었는지 사진과 함께 기록해 놓으면 좋은 선물이 될 것 같았다. 사실 난 100일 사진도 돌사진도 아무것도 없다. 엄마에게 물어보니 태어나자마자 아빠의 병을 알게 되어 사진 찍을 틈도 없었고, 아빠가 돌아가시고 혼자 아이를 키워야 하는 엄마에게 사진은 사치였다고 하셨다. 그래서 나의 가장 오래된 사진은 유치원 졸업사진이다. 그래서 은우에게는 추억을 기억할 수 있는 기록물을 많이 남겨주고 싶었다. 신랑에게는 무료 표지로 무지갯빛까지 만드는 것이 목표라고 하고 시작을 했다. 하지만 빨간 표지로 100일을 써서 1권을 완성하고 주황색 2권을 쓰고 있을 때 신랑이 천국으로 갔다. 난 더는 쓸 수가 없었다. 정확히는 쓸 정신이 없었다. 잘 썼다고 우리 색시 대단하다고 칭찬해 줄 사람이 없고, 이 아이가 자라가는 모습을 같이 볼 사람이 없어져서 아무 의미가 없었다. 그렇게 몇 달이 지나고 정신을 차렸다. 신랑이 없어도 신랑에게 약속한 무지갯빛까지는 써야겠다는 생각이 들었다. 은우도 아빠가 천국 가서 정신없는 엄마가 사진 한 장 남기지 못한 아이가 되게 하고 싶지 않았다. 그래서 그동안 못 썼던 2권은 은우에게 들려주는 아빠 이야기로 채우고 2권(주황색)은 유료 출판을 했다. 그리고 계속 100일을 쓰고 무료 출판을 하고 있는데 무지갯빛 7권이 될 때까지 썼더니 이것이 습관이 되었다. 하루를 마감하면서 일기를 안 쓰면 뭔가 허전하고 하루에 해야 할 일을 안 한 것 같은 아쉬움이 있어 지금은 38권까지 출판을 했다.

은우의 뒤집기, 첫걸음마, 첫 어린이집, 5년간 다닌 어린이집, 그리고 초등학교 입학부터 4학년까지 은우의 발자취가 담겨 있다. 6살 때 찾아간 태권도장, 무서워서 뒷걸음질 쳐 나왔다가 7살 때 시작하게 된 태권도의 역사, 3품까지 따고 시범단 훈련이 무서워 그만둔 사연, 첫 발란서를 타던 날, 그리고 자전거 보조 바퀴 떼던 날, 첫 여자친구부터 현재의 여자친구까지, 병원에 입원한 병원 일기, 엄마가 업고 응급실까지 뛰어간 이야기, 가족 모임 이야기, 우리의 여행기 등 다양한 이야기가 쓰여 있다. 책의 머리말에는 내가 은우에게 쓴 편지들이 쓰여 있고 뒤표지에는 책을 읽다가 은우에게 들려주고 싶은 이야기에 밑줄을 그어놓고 출판할 때 넣었다. 나중에 사춘기가 되어 "엄마는 나를 위해 해 준 것이 뭐가 있어?"라고 대들면 "일기장 읽어봐."라고 자신 있게 이야기해 줄 수 있는 증거 수집용이다. 지금도 은우는 가끔 심심할 때 일기장을 꺼내서 읽곤 한다. 사실 읽지는 않고 사진만 쓱 본다. 그때마다 뭘 먹었다고 지금도 먹고 싶다는 이야기만 하지만 언젠간 자기가 얼마나 사랑받으며 자랐는지 알 날이 올 것이다.

처음 일기 쓰기를 시작할 때는 그날 있었던 일들과 사진을 기록했다. 그러던 어느 날 행복 수업에 감사하기처럼 감사일기로 쓰면 어떨까 하는 생각이 들었다. 아들의 하루하루가 감사한 삶이었음을 은우가 읽으면서 느꼈으면 했다. 사진을 넣으면 글로 표현할 수 있는 칸이 많지 않아 감사한 일 3개 정도 쓰면 하루 분량의 한 면이 완성된다.

그리고 은우가 초등학교 3학년이 되면서 공부를 시켜야겠다는 생각에 문제집을 풀게 했다. 공부하기 싫어하고 잠시도 앉아 있지 못하는 아들에게 공부 습관들이기라는 명목으로 하기 싫은 일을 억지로 시키니 아들에게 칭찬보다는 꾸중이 늘어갔다. 그래서 일기를 칭찬일기로 바꾸었다. 역시나 사진 한 장 넣으면 칭찬 3개 정도는 쓸 수가 있었다. 일기 전체가 칭찬으로 가득하다. 과거에 말로 잔소리를 들었을지라도 흔적 없이 사라지고 남는 건 칭찬만 가득 남는 것이다. 대신 마음의 상처를 받지 않게 노력도 하고 있다.

열 살 생일이 있는 38권까지 쓰자 은우가 핸드폰에 관심을 가지고, 사진 어플로 이런저런 것을 만들고 싶어 해서 일기 쓰는 것을 은우에게 맡겼다. 그날 일 중에 기억나는 것을 쓰거나 좋았던 일을 쓰는데 마무리는 감사로 하게 하였다. 아직 습관이 되지 않은 아들이 깜빡할 때면 일기 쓰라고 핸드폰을 건네주고, 일기를 못 쓰고 잔 날은 내가 제목은 '은우 일찍 잔 날' 내용은 '쿨쿨' 이렇게 써 놓고 다음 날 은우가 다시 내용을 수정하면서 쓰고 있다. 은우가 아직 핸드폰이 없어 내 핸드폰으로 일기를 쓰기 때문에 아들의 일기를 몰래 보는 엄마가 아닌 정당하게 읽는 엄마가 되었다.

내가 일기를 쓸 때는 은우의 사진을 가는 장소마다 찍어서 흔적을 남기고 예쁜 사진만 골라서 일기장에 넣었다. 하지만 은우가 일기를 쓴 39권에는 은우가 원하는 장소에서만 찍고 원할 때만 찍는다. 그리고 은우의 일기에 들어간 사진들을 보니 웃긴 표정, 웃긴 자세(나라면 절대 일기장에 넣지 않을 사진)로 꾸며 가는 것을 보며 확실히 엄마와는 많은 차이가 있구나 싶었다. 하지만 은우의 일기이니 은우의 취향을 존중해 주고 싶다. 그래도 아마 은우가 자라서 보면 분명 부끄러울 것 같다. 혹시 미래의 은우 색시가 봐도 민망할 정도의 사진들이다.

앞에서 말했던 노스탤지어(nostalgia)…. 은우의 성장일기를 다시 읽어 보면서 과거를 추억하면 웃음이 나고, 그렇게 조그맣던 아이가 이렇게 컸구나 하는 뿌듯함도 있다. 이와 동시에 '이때가 좋았지.'라는 아쉬움과 이 일기 속에는 아빠의 이야기가 1, 2권에만 잠깐 들어 있다는 것이 약간의 슬픔인 것 같다. 이 일기의 권수가 늘어날수록 난 나이가 들어간다는 마음까지 더해서….

하지만 아빠 없이도 엄마가 아들을 행복하게 키우기 위해 노력했다는 것을 이 일기에 담았고, 은우가 자라는 만큼 나도 자라간다는 것을 함께 느낄 수 있을 것이다. 없는 것에 대해 부족함을 느끼기보다 있는 것으로 만족감을 느끼는 것이 진정한 행복임을 같이 배워나가는 것이다.

은우가 열 살 때 일기장을 채워나가면서 자기 생각을 써 놓으면 은우의 순수함을 몇십 년이 지난 후에 다시 꺼내 보면서 웃을 수 있을 것이다. 내가 초등학생, 중학생 때 써 놓은 일기장을 보면서 웃듯이…. 혼자 고민하고, 짝사랑하고, 심란했던 그 마음들을 읽으면서 '그땐 심각했네. 지나면 아무것도 아닌 것을.' 하면서 앞으로의 어려움을 이겨나갈 지혜도 얻을 수 있었으면 좋겠다.

은우가 몇 권까지 완성해 낼지는 아직 모르겠다. 내 생각을 이야기하지 않고 은우의 뜻을 따르려고 한다. 100일을 써 보고 습관이 되면 이 또한 엄마만큼 써 갈 수 있을 것이고 이것이 힘들면 한 권 완성한 것을 같이 기뻐해 주면 된다. 아직 목표는 한 권이니까.

하루하루를 기록한다는 것은 인생의 발자취를 남기는 것과 같다. 내가 죽으면 잊히겠지만 책은 남아 있을 것이고 그 기록이 나를 대신할 것이다. 아마 이런 책을 쓰라고 하나님이 아직 날 살리신 것이 아닌가 하는 생각이 든다. 호랑이는 죽어서 가죽을 남기듯이 사람은 죽어서 글을 남겨야 한다.

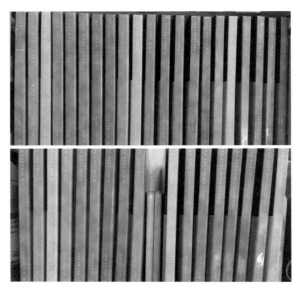

엄마가 쓴 육아일기

육아일기 1권, 38권

매일, 새로운 날들이 시작됩니다

엄마가 성장하는 아들 육아 중입니다

◐

"감사는 좋은 사람들을 당신 곁에 있게 하고,
당신 자신을 더 나은 사람으로 만든다."

- 찰스 디킨스

아들을 낳고 키우면서 여러 시행착오를 겪고, 후회하고, 그러면서 진정한 어른이 되어 가는 것 같다. 또한, 교사로서도 예전엔 이해되지 않았던 아이들과 학부모들이 이해되기 시작하니 진정한 교사가 되는구나 싶다.

하나님의 섭리대로, 계획하신 대로 출산을 하면 다 되는 줄 알았는데 그 후가 더 힘들고 더 큰 책임이 있다는 것을 알게 되었다. 시기에 맞춰 배밀이를 하고, 옹알이하고 뒤집고 일어서는 것이 얼마나 소중한 것인지 알게 되었다. 뱃속에서 태교했듯이 태어나면 교육을 해야 하고 이것도 엄마의 욕심대로가 아니라 아이의 성향을 보면서 해야 한다는 것도 알게 되었다. 신랑이 천국에 가고 갑작스럽게 서울로 이사를 한 후 복직하면서 은우는 태어난 지 8개월 만에 어린이집에 가게 되었다. 큰 어린이집 가방과 주말에 한꺼번에 만들어 얼린 이유식 한 통을 챙겨 아침 일찍 출근길에 은우를 맡겼다. 은우가 어린이집에서 어떻게 지낼까 걱정이 되어 종일 노심초사였다. 17살부터 아파서 항상 누군가의 도움으로 살았던 내가 누군가를 챙긴다는 것은 싫지 않은 일이었지만 이러면서 어른이 되어 가는구나 싶었다.

 가정어린이집을 다니다가 3살 때 성서대학교 어린이집에 다닐 수 있게 되어 어린이집에 보냈는데 가족사진을 가지고 오라고 했다. 50일 때 아빠랑 같이 찍은 유일한 가족사진을 보내야 하나, 돌 때 외삼촌과 외할머니와 함께 찍은 사진을 보내야 하나, 아빠가 없는 것이 죄도 아닌데 엄마랑만 찍은 사진을 보내야 하나 고민부터 시작되었다. 어린이날 행사가 있는 날이면 다른 집은 엄마, 아빠가 와서 함께 즐기는데 나는 혼자 가는 것이 외로워서 나이 드신 친정엄마를 항상 모시고 갔다. 아빠들 경기가 있으면 바라만 보고 있는 은우에게 그냥 미안했다. 기독교 재단 어린이집이었기에 성탄절 행사는 크고 중요했다. 대학교 큰 강당에서 아이들 발표회가 있던 날은 엄마, 아빠, 할머니, 할아버지 다 오셔서 아이의 재롱 부리는 모습을 보는데 나는 보는 내내 눈물이 흘러내려 제대로 볼 수가 없었다. 이렇게 예쁜 모습을 같이 봐줄 신랑이 없다는 것이 너무 슬펐다. 그러면서 마음은 더 단단해지고 있었다. 그렇게 5년을 다니며 성서어린이집에서 졸업했다.
 아빠가 없지만, 최대한 씩씩하게 키우고 싶었다. 퇴근 후에 집에 가면 함께 공원에 나가 축구, 야구, 농구, 배드민턴을 같이해 주고 주말이면 볼링장, 탁구장, 테니스장까지 같이 가주었다. 다행히 나는 운동을 좋아하기에 체력만 된다면 언제든지 해 줄 수 있었다. 당근에서 인라인을 사서 타게 해주었는데 내가 못 타니 가르칠 수가 없었지만 운동 신경이 좋은 아들은 금

세 혼자 서고, 혼자 타기 시작했다. 스케이트보드도 중심 잡기가 되니 금방 익히는 것이 참 다행이었다.

만 4세가 되었을 때 나를 따라 안과에 간 은우가 심심해서 시력 검사를 하게 하였다. 매년 영유아 건강검진을 했고 시력에 이상이 없었기에 걱정하지는 않았다. 그냥 소아과에서 하는 간이 시력 검사가 아니라 안과에서 하는 시력 검사를 체험해 주고 싶었다. 그런데 결과가 당황스러웠다. 눈이 난시가 심한 약시라고 했다. 내가 오른쪽 시력이 남아 있지 않지만 이건 선천적인 것이 아니라 뇌종양으로 인한 것이기에 은우가 시력이 나쁘다는 것이 이해가 안 되었다. 또한, 약시가 뭔지는 모르지만 내 탓인 것 같아 너무 미안해서 그날은 많이 울었다. 약시 교정 안경을 써야 한다는데 답답하다고 벗지 말고 잘 쓰고 있어야 교정이 잘 된다고 했다. 운동을 좋아하는 아들이 안경을 잘 쓰고 있을까 걱정이 되었다. 그래서 작전을 짰다. 안경이 나오는 날 은우보다 한 발짝 먼저 이동을 해서 미용실 원장님, 식당 사장님께, 단골 곱창 할머니에게 부탁했다. "우리 은우가 안경을 쓰고 올 건데요, 멋있다고 해 주세요. 박사님 같다고도 해 주시고요." 그리고 은우를 순서대로 미용실, 식당, 곱창 할머니네로 갔더니 약속한 대로 이야기를 해 주셨고 은우는 안경을 쓰는 것을 자랑스럽게 생각했다. 그래서 안경 쓰는 것이 박사님처럼 보이는 멋진 것으로 생각해 안경을 벗지 않았다. 지금은 약시에서 탈출했지만 그렇다고 교정시력이 좋은 것은 아니어서 걱정이다.

초등학교 2학년이 되었을 때 은우가 화를 내면서 이를 악무는데 윗니와 아랫니가 정확히 일치하는 것을 봤다. 정상이라면 윗니가 앞으로 나와야 하는데 이상하다고 생각되어 치과에 갔더니 부정교합이라고 했다. 생각해 보니 신랑이 치아가 윗니 아랫니가 일치했던 것 같다는 생각이 들었다. 응급으로 교정기를 착용하여 윗니를 앞으로 밀어내는 교정을 해야 했다. 또 문제는 은우가 교정기를 불편해하지 않고 잘 착용해야 한다는 것이었다. 아들에게 멋진 사람은 내면도 중요하지만, 첫인상이 중요하다고 강조를 하며 응급 치아교정에 성공하였다. 물론 5~6학년이 되면 전체 교정을 해야 한다고 한다. 내가 치아에 덧니가 많은데 이런 것도 유전이 된다고 한다.

초등학교 3학년이 되었을 때 인라인스케이트를 당근에서 사 주었는데 자꾸 발이 아프다고 하였다. 난 중고라서 문제가 있나 싶어 새것으로 다시 사 주었다. 하지만 마찬가지였다. 2~3분을 타면 발이 아프다며 벗어 버렸다. 운동을 좋아하는 아이가 유독 인라인을 타면 발이 아프다고 하는 것이 이상했다. 그리고 엄마랑 산책은 좋아하지만, 항상 걷는 것이 힘들다고 했다. 그래서 3학년 말에 족부 클리닉으로 데리고 갔더니 평발이라는 진단을 받았다. 역시나 깔창을 깔고 신발 신는 것을 잘해야 한다는 것이 해결책이었다. 다양한 신발을 사 주고 원하는 신발에 깔창을 넣어 신게 해 보았다. 특히 여름이 힘들었다. 날씨가 더워 샌들이나 크록스를 신으면 깔창을 깔 수가 없기 때문이다. 지금까지 깔창을 깔고 신발을 신고 있다. 아들이 치료 중이니 이것도 끝나면 열심히 걷고 뛰어 엄마랑 마라톤을 같이 하게 될 것이다.

옛날엔 약시가 뭔지도 모르고 살았을 것이고, 치아는 나는 대로 살았고, 발은 평발이면 군대 안 가니 좋다고 했을 텐데. 요즘은 의학의 힘으로 하나님이 만든 아이를 다시 만들고 있다는 생각이 들었다.

하나뿐인 아들을 잘 키우고 싶었다. 다른 엄마들처럼 공부 안 시키고 은우가 하고 싶은 것을 하면서 살게 하고 싶었다. 그런데 자꾸 다른 집 아이들이 보이기 시작했다. "이렇게 했더니 효과를 봤다. 이건 꼭 해야 한다." 이런 말을 들으면 흔들렸다. 그리고 일단 은우에게 물어본다. "이거 하면 좋다는데 하고 싶어?" 그러면 은우는 좋다고 한다. 그럼 일단 시킨다. 그리고 은우가 안 하면 화가 난다. '자기가 하고 싶었다면서 왜 안 하는 거지? 조금만 더 하면 남의 집 아이처럼 될 것 같은데 왜 그것이 안 될까?' 하는 마음에. 은우를 아이가 아닌 깊이 생각하고 올바른 판단을 할 수 있는 어른으로 생각했다는 미안함이 든다. 사실 나도 결정을 잘 못 해서 일단 해 보고 아니라고 생각되면 나중에 다시 해 보자 하면서 아들에게 자신이 한 결정에 책임을 지라고 하는 그런 엄마였다. 시키고 싶은데 억지로 시키면 나쁜 엄마가 될 것 같고, 슬쩍 아들에게 물어보고 하고 싶다고 하면 속으로 좋아하는 엄마, 그리고 안 하면 속상해하는 엄마…. 사실 좋은 엄마가 되고 싶어 1년에 육아서는 적어도 열 권 정도는 읽는다. '이러면 되는구나, 이렇게 해야겠구나.' 머리로는 이해가 되는데 내 아들에게는 적용이 안 된다. '책으로 모든 것을 배울 수는 없구나.'라고 깨닫는 것이다.

처음 교직에 들어왔을 때 말썽꾸러기 아이들을 보면서 '애 엄마는 애를

교육 안 하나? 애가 학교에서 이러는 줄은 알고 계시나?' 하며 학부모를 원망하는 생각이 들었다. 하지만 지금은 말썽꾸러기들을 보면 '엄마 참 고생하신다. 자식은 부모 맘대로 안 되는 거야.'라며 그 엄마가 얼마나 힘들지 짠한 마음에 위로해 드리고 싶다. 요즘은 남학생 학부모들과 통화를 하면 "어머니 그 마음 알 것 같아요. 아들 하나 키우는데 정말 제 맘대로 안 되더라고요. 정말 힘드시겠어요." 하면서 나의 신세 한탄도 같이하고 있다. 아이들을 바라보는 눈이 훨씬 더 넓어졌고 마음도 너그러워질 수 있었다.

내가 아들 키우는 것을 힘들어하니 오빠가 이렇게 말했다. "학교에서 그렇게 많은 학생을 만났으니 노하우가 있지 않냐?" 맞다. 거리 두기다. 남의 자식 보듯이 객관화를 해서 보는 것이다.

우리 반 아이가 엄마에게 거짓말을 했다고 하면 난 "엄마를 속이다니 그건 나쁘다. 그런데 이유는 있었겠지? 엄마도 엄청 당황했겠네. 믿는 자식에게 발등을 찍혔으니. 엄마에게 어떻게 해 드리면 될까? 우리 같이 생각해 보자." 하며 부드러운 목소리로 이야기를 한다.

아들이 나에게 거짓말을 하면 난 "엄마를 속이다니 어떻게 그럴 수가 있니? 거짓말이 안 들킬 줄 알았니? 왜 거짓말을 했는지 이야기해 봐!"라며 소리부터 지른다.

아들을 우리 반 아이처럼 대하면, 나에게 맡겨진 선물이라고 생각한다면, 내 마음대로 할 수 있는 존재가 아니라고 생각한다며 서로에게 상처를 덜 주지 않을까 하는 생각도 해 보았다.

아이를 키우는 데는 정답이 없다. 아무리 많은 육아서를 읽는다고 해도 우리 아들에게 적용할 수가 없었다. 가끔 친정엄마에게 나도 자랄 때 저랬냐고 물어보면 "넌 공부하란 소리 한마디도 안 했는데 알아서 잘했다. 니 배에서 나왔으니 은우도 그냥 스스로 하게 둬라." 하신다. 그럼 난 "엄마, 옛날과 달라요. 다른 아이들은 은우보다 공부를 훨씬 많이 하고 있는데 은우만 안 하면 뒤처지지 않겠어요?"라고 이야기를 한다.

밀라노에서 유학한 최초의 한국인이자 밀라논나라는 채널을 운영하는 장명숙 님의 『햇빛은 찬란하고 인생은 귀하니까요』에 이런 구절이 있다.

"누구나 다 주인공이에요. 자기다운 게 제일 좋은 거예요."

'그래! 공부 잘하는 인생이 성공한 인생은 아니다. 너답게 살아라!'라고 속으로는 이야기한다. 하지만 마음 한쪽에서는 항상 불안하다. 이것이 엄마의 마음일까.

이제, 새로운 내일로

"감사는 과거를 이해하고, 현재를 평화롭게 하며, 미래를 준비시킨다."

- 윌리엄 아서 워드

신랑을 천국에 보낼 때 어떻게든 살리고 싶었다. 심폐소생술을 최선을 다해서 했고, 찬 병원 바닥에 무릎 꿇고 앉아서 간절히 기도도 했다. 심지어 '이건 꿈일 거야. 악몽이야!'를 외치며 꿈에서 깨어나기를 바랐다. 하지만 기적은 일어나지 않았다.

그런데 난 살아 있다. 다들 죽는다고 했고, 의사도 힘들다고 했던 뇌종양을 그리고 재생불량성 빈혈을 골수 이식수술 없이 이겨 냈다. 아무 노력을 안 했는데 기도밖에 안 했는데 진통제와 수면제를 끊었고 갑상선도 정상으로 돌아왔다. 이건 기적이다. 그리고 주의 은혜다.

아들 이름을 지을 때 내가 살아서 결혼하고 아들을 낳은 것은 기적이라고 아들 이름을 기적이라고 짓자고 했다. 하지만 발음이 기저기가 되어 은우가 되었다.

육체적으로 정신적으로 큰일을 겪고 나니 난 무서울 것이 없어졌다. 무엇이든지 닥치면 해낼 수 있는 용기가 생겼다. 그래서 항상 하는 말이 있다.

"난 죽은 사람 살리는 것만 빼고는 무엇이든 다 할 수 있어!"

그러면 나의 사정을 모르는 주변 사람들이 나보고 참 긍정적인 사람이라고들 한다. 상황을 긍정적으로 봐서 이 말을 하는 것이 아니라 정말 난 겪어 보았기에 하는 말이다.

학교에서 근무할 때도 어려운 일이 많다. 학급 아이들의 이런저런 감정 싸움이나 사건, 사고도 나에겐 힘든 일이 아니다. 그냥 하루하루 일어나는 하나의 에피소드일 뿐이다. 다른 선생님들은 힘들겠다고 하는데 난 이래야 학교라고 생각한다. 오해로 인한 갈등을 풀어 가며, 자신의 감정을 표현하는 방법을 알아가는 곳, 학교라는 작은 사회에서 겪어 보면서 이 큰 사회에서 살아가는 방법을 조금이나마 연습해 가야 한다. 그렇다고 내가 모든 아이를 변화시킬 수 있다고는 자신할 수 없다. 한 명일지라도 내 수업에서, 내 학급운영을 통해 변화되었다면 행복한 교사라고 할 수 있다. 날마다 쓰는 감사일기가, 일주일에 한 번 외우는 긍정 카드가 아이들이 힘들 때 생각나서 다시 일어설 힘이 된다면 더없이 뿌듯할 것 같다. 설리번 선생님이 헬렌 켈러를 위인으로 만들었던 것처럼 나도 내 제자들의 삶에 영향을 미치는 교사로 기억 남으면 좋겠다.

누군가 나에게 부탁을 할 때 "NO!" 하기가 힘든 것이 나였다. 다른 사람에게 싫은 소리 하는 것이 싫어서 마치 착한 아이 콤플렉스처럼 다 해 줘야 마음이 편했다. 그런데 이제는 "NO!"를 말할 수 있는 용기가 생겼다. 내 형편이 이러니 지금은 안 될 것 같다고 말하는 것이 내가 나쁜 사람이 아니라는 것을 알게 되었다. 또한, 내가 부탁을 안 들어 준다고 해서 상대방이 다른 방법이 없는 것도 아니라는 것을 알게 되었다. 적정한 선에서 들어 줘야 할 부탁과 거절해도 되는 부탁을 알게 되었다.

내 능력 안에서 할 수 있는 일은 즐거운 마음으로 해 보는 것이다. 무슨 일이든지, 즉흥적이든, 계획적이든 그 시간은 지나가게 되어 있다. 전체 교사 대상 레크리에이션을 맡게 되었을 때도, 협동학습 강의를 맡게 되었을 때도, 3학년 전환기 수업용 5주 계획을 짜고 운영할 때도 처음엔 힘들게 보이겠지만 주변에는 돕는 손길이 있고 그 시간은 즐겁게 지나간다. 전체 교사 대상 레크리에이션은 내가 프로그램을 계획하면 준비물을 준비해 주시는 선생님들이 계시고, 열심히 참여해 주시는 선생님들이 계셔 잘 마무리할 수 있었다. 협동학습 강의도 대타로 얼떨결에 시작하게 되었지만 다른 강사 선생님들이 섬겨 주시고 응원해 주시며 강의를 듣는 선생님들도 같이 호흡해 주셔서 다음 강의에 용기를 낼 수 있었다. 전환기 수업 5주 계획을 짤 때도 큰 틀을 만들어 놓으면 선생님들이 아이디어를 더 해 주고, 코너마다 맡아 해 주시는 선생님들이 계셔서 졸업을 앞둔 학년말이 즐거운 추억으로 남게 되었다.

이처럼 큰 산처럼 보이더라도 한발을 내디디면 가다가 말동무 친구를 만날 수도 있고, 시원한 바람에 더위를 식힐 수도 있고, 약수터가 나와 목을 축일 수도 있고 걷다 보면 어느새 정상에 다다를 수 있다. 무슨 일을 시작할 때 두려워하지 않는 것이 나의 큰 장점이 되었다.

집에 찾아오는 사람이 없다는 것이 외롭게 느껴졌다. 남들은 남편 모임, 동창회, 동문회 등 모임도 많은 것 같은데 나는 이런 모임이 없다는 생각에 사회생활이 부족하다는 생각이 들었다. 그래서 집을 개방하기로 했다. 남들이 집에 오면 청소도 해야 하고, 준비해야 할 것이 많다고 하는데 난 상관없었다. 그래서 서울 북부 협동학습 연구회 모임을 우리 집에서 하기로 했다. 격주로 만나서 선생님들과 같이 나누는 시간이면 집에 사람이 사는 것 같은 느낌이 든다. 이전 학교에서 같이 근무했던 선생님들과 연락을 하면서 우리 집에서 늦게까지 수다를 떨기도 한다. 물론 아들은 근처 할머니 집으로 간다. 사람이 사람과 어울리며 어딘가에 소속된다는 것은 마음에 안정감과 위로를 준다. 함께 내 생각을 이야기할 사람이 있다는 것, 정을 나눌 사람이 있다는 것이 꼭 필요하다.

모든 것을 할 수 있다는 것은 교만일 수 있다. 사실 난 하나님의 도움 없이는 살 수 없음을 잘 알고 고백한다. 어렸을 때 엄마가 항상 하신 말씀이 있었다. "육신의 아버지는 없지만, 영의 아버지가 계시고, 그분은 천지 만물을 창조하신 전지전능하신 분이시니 걱정하지 말아라."였다. 어렸을 때는 영의 아버지는 안 보이니 눈에 보이는 아버지가 있으면 좋겠다는 생각이었다. 이제 내가 엄마로서 아들에게 해 주는 말도 "하늘 아버지 계시니 만족하며 감사하며 살자."라고 이야기를 한다. 예수님을 믿지 않는 사람들은 운명이니 팔자니 하지만 나는 하나님의 선하신 계획이라고 생각한다. 절대 실수하지 않으시는 하나님이 좋은 것으로 채우시고 롤러코스터 같은 인생이지만 이겨 낼 힘도 같이 주신다는 것을 안다. 이 힘든 세상을 살아가는 힘은 내 맘을 알아주시는 하나님이 계시고, 그분이 내가 가야 할 곳을 인도하실 것을 알기 때문이다.

내가 아프기 시작했을 때, 현재 모습만 봤다면 난 원인 모를 두통에 시달리는 휴학한 고등학생, 4년을 고등학교에 다니고 시골에서 기도원, 병원만 떠도는 사람이었겠지만 난 꿈이 있어서 지금의 교사가 되었다.

교사가 된 후 아팠을 시절, 현재 모습만 보았다면 희귀난치성 질환인 재생불량성 빈혈에 걸려 골수이식을 기다리는 환자로 남았겠지만 난 내 제자 중에 글로벌 리더를 만들겠다는 꿈이 있어서 아직도 교사로 지내고 있다.

신랑이 천국에 간 날, 현재 모습만 보았다면 결혼한 지 2년도 안 되고, 아들 태어난 지 4개월 만에 남편이 같이 자던 침대에서 심장마비로 사망한 불행한 과부로 남겠지만 난 나를 사랑하고 앞으로도 하고 싶은 일이 많은 엄마이자 교사이다.

지금, 내가 현재 모습만 본다면 사춘기가 시작된 것 같은 초등학교 5학년 아들의 반항에 어찌할 줄을 몰라 날마다 고민하고 스트레스를 받고 있지만 난 내 아들이 분명 하나님이 기뻐하시는 아들로 자랄 것을 믿는다. 죽는다는 내 몸에서 아들이 태어났고, 아들 태어난 지 4개월 만에 죽을 신랑의 정자로 아이를 얻었다는 것은 하나님의 엄청난 계획이라는 희망이 있기에 멋진 미래를 상상할 수 있다.

나는 사람들에게 꿈을 꾸라고 전하고 싶다. 어떤 어려움이 있어도 꿈이 있고 목표가 있으면 이겨 낼 수 있다고 외치고 싶다. 나의 제자들에게 그런 이야기를 하며 함께 진로를 고민하는 교사로 살고 싶다.

"꿈이 있는 자는 멈추지 않는다."

- 늘샘 고나원

감사일기 바구니